月光煮雨

王文革 著

中国言实出版社

图书在版编目（CIP）数据

月光煮雨 / 王文革著. -- 北京：中国言实出版社，
2022.6
ISBN 978-7-5171-4163-1

Ⅰ.①月… Ⅱ.①王… Ⅲ.①散文集－中国－当代
Ⅳ.①I267

中国版本图书馆CIP数据核字(2022)第115760号

月光煮雨

责任编辑：郭江妮
责任校对：王建玲

中国言实出版社出版发行
地址：北京市朝阳区北苑路180号加利大厦5号楼105室（100101）
编辑部：北京市海淀区花园路6号院B座6层（100088）
电话：64924853（总编室）　　64924716（发行部）
网址：www.zgyscbs.cn
E-mail：zgyscbs@263.net

经销：新华书店
印刷：阳谷毕升印务有限公司
版次：2022年7月第1版　　2022年7月第1次印刷
规格：880毫米×1230毫米　　1/32　　7.5印张
字数：147千字

定价：48.00元
书号：ISBN 978-7-5171-4163-1

自 序

孔子曰："逝者如斯夫，不舍昼夜。"

每个人的人生也像河流一样奔腾不息！

我们常说中华文明有上下五千年，简直太悠久了，朝代几十个，最有名的教育家孔夫子距今约两千五百年，孔夫子所处的时代差不多处于这悠长文明的中点。

这五千年光阴中，有名有姓的皇帝也只有两百多人，这些皇帝的平均寿命大约只有三十九岁，平民百姓的平均寿命就更短了，所以有时我很庆幸至今自己所历的人世光阴比古代皇帝的平均寿命还要长。至于享受的物质条件就更不用说了，大部分现代人的物质生活都比古代皇帝要好！

然而，每个人出生的时间、地点并不是自己可以选择的！从纵向（时间）上看，我如果早生十年，肯定要经受挨饿的苦楚；如果早生五十年，要经受连绵不断的战争；如果早生一百年、两百年、一千年、两千年呢？那将完全是不同的人生。从横向（地域）上看，我出生在中国浙江，但如果生在撒哈拉沙漠，估计现在已寿终正寝；如果出生在中东地区，可能已经死于战乱；如果出生在美国或欧洲，日子多半比现在还要滋润些；如果出生在中国的海南、东北、甘肃等地呢？那又是不一样的人生。

所以，每个人的人生，都是一场意外，都是一场偶然！光阴似箭，一晃我已过了知天命之年，对于我个人的人生，一个微不足道的存在，我有遗憾，更有感恩！不管是上下五千年还是纵横千万里，每个人的人生都是独特的存在。

每个人在自己的人生之路上都在马不停蹄地赶路，一路奔向自己的目标！我们这一生总是在不断遇见，又总是在不断分别，没有人会始终陪你走完一生。遇见父母时他们已经成年，最终他们会先我们而去；遇见儿女时我们已经成年，最终我们要先离开这个世界；人生中遇见的形形色色的人，也都只能陪我们走一程，或长或短，却终究会走散。

但是，历史宇宙也有不变的东西，如天上的月亮。今日的月和古时的月是同一个月。月光照着我们，也同样慷慨地照亮过黄帝炎帝、威武的凯撒大帝、不可一世的秦王、哀怨的宫娥、历经战乱的流民，照亮过曾在这个地球上生活过的每一个人。月亮永远是那个月亮，但月光下的一切人事早已沧海桑田，一代又一代的人来了又离去，生生不息。

但人生唯苦，悲喜自渡，人生的风风雨雨，需要自己慢慢感受，这也是本书书名《月光煮雨》的寓意。

我从二十世纪八十年代中叶起开始在报刊上发表作品，共有几十篇文章散见于各类报刊杂志。之后虽一直为生活奔波，但业余也时常写些散文随笔，这本书就是我近几年的散文合集，整本书分为四辑，分别是《青葱岁月》《往事如烟》《游历各地》《世事洞明》。第一辑是回忆个人成长历程中的点滴往事，第二辑是在个人成长过程中的难忘事件，第三辑是游历国内外重要景点时的感受与思考，第四辑是到了知天命的年纪、已沉淀了丰富的人生阅历后对人生、世界的种种思考。整本书是我对往事、对人生、对世界的感触和思考。

很感恩自己所处的时代，尤其是我亲身经历了一个朝气蓬勃的改革开放年代。作为一个小人物，却经历了一个大时代，本书也算是个人版的《朝花夕拾》吧。

是为序！

目 录
Contents

第四辑　世事洞明

第一辑

青葱岁月

乡　恋

人生与自然界的规律一样，分为"四季"——童年、青年、中年、老年，其中童年是最令人怀念的，因童年往往和故乡联系在一起。

"日暮乡关何处是，烟波江上使人愁"——这是我们都挥之不去的乡愁，而乡愁总是与时空相关，对此最自然的表达方式就是诗。台湾诗人余光中的《乡愁》是典型代表：

小时候，

乡愁是一枚小小的邮票，

我在这头，

母亲在那头。

长大后，
乡愁是一张窄窄的船票，
我在这头，
新娘在那头。

后来啊，
乡愁是一方矮矮的坟墓，
我在外头，
母亲在里头。

而现在，
乡愁是一湾浅浅的海峡，
我在这头，
大陆在那头。

　　我的故乡在浙江义乌佛堂镇的一个小乡村，没错，就是那个世界小商品之都。"佛堂"是个古镇，是以前的河运码头，和大多数江南水乡一样，这里因为水陆交通便捷，形成了商贾云集的繁华街市，很多年来算是义乌最繁华的一个地方，到20世纪80年代，这里也比义乌县城繁华。当然我老家是在农村，离镇上还有一公里左右的路，都是农田和小河小溪。

　　记得在我小的时候，长辈们只能偷偷摸摸做点小生意，如果被上面的领导干部发现，是要挨批的。义乌是我父亲

佛堂老街

这一支祖祖辈辈居住的地方。当时村里只有十几户人家，是夹在大成中学和长塘之间的一个狭长的小村庄。村里只有两个姓氏——"王"和"李"，姓王的人家彼此之间都是亲戚关系，姓李的人家也是。我不知这个小村庄存在了多少年，反正我小时候就感觉房子摇摇欲坠了。曾听奶奶说过，她嫁过来时（20世纪30年代）就是这个样子了，至今算起来也百年有余了吧！村庄的房子起初是一整排互相挨着，类似现在的八联排排屋，后来各家的人口多了，兄弟又分了家，越来越多的人在村庄附近盖了一些小房子。前两年搞新农村建设，村庄已经被夷为平地。成长的岁月早已远去，这是时间上的遥远，这祖祖辈辈居住的村庄在几年前就已被夷为平地，变得"物非人非"了！

现在义乌在全世界都非常知名，有大量外商长住义乌这样的一个县级市。在我童年的时候，它还是一个很落后的农业县城，几乎没发展什么工业，最大的企业应该就是佛堂糖厂了，可供耕种的土地也很少（土壤是偏红色的，适合耕种甘蔗却不太适合种庄稼，所以是红糖的产地），乡亲们靠鸡毛换糖来补贴家用，此后"鸡毛换糖"一词便成为义乌的标签。

那时村里孩子多，每家都有三五个，所以村庄虽小，但我在同村就有四个同班同学，分别是佳明、文明、大猫、美菊，他们都姓王，其实算起来也都是亲戚，如果再加上比我大三四岁和比我小三四岁的伙伴，我在村里就有二十来个小伙伴。

小学一、二年级的学生在附近的李宅村校上课。李宅村校在长塘对岸，李宅是一个大村庄，和双塘同属一个大队。这是一所只有一个教室、两个年级、一个老师的学校，一个叫"李其谓"的老师既教数学又教语文，当然还有体育之类的，他出生在一个地主家庭，接受师范教育后又回到农村任教。全校总共有三十多个学生，一半学生是上一年级，另一半学生是上二年级。李老师给一年级的学生上课时，二年级的学生就看书、做作业，反之亦如是！村办学校因没有经费，学生们经常会停课去拔草、捡废品，再卖了钱交给老师。

学校有个小操场，唯一的体育用品是一个小篮球，但像我这样个子矮小的学生连篮球也没摸到过。

佳明有绘画天赋，但生性拖拉。我经常约他一起去上学，结果到他家时，他常常还在慢吞吞地吃早饭，有几次差一点就迟到了。虽然成绩经常垫底，但他是个厚道人，后来从事的工作是给家具上油漆，也是手艺活儿，以前的家具不像现在是用机器规模化生产，那时都是手工做的，做好的家具需要上油漆，这也需要些美术功底。

文明复读后考上了上海一所大专院校，毕业后一直在义乌人民银行工作。他父亲和我父亲是堂兄弟，这样算来，他父亲就是我的堂叔。他父亲个性粗暴简单，对子女也是采取简单粗暴的教养方式（当然在农村这也不少见），不过后来脾气好多了。

大猫很聪明，有一个小他一岁的弟弟小猫，后来他自己做了生意。

美菊是我小时候认为的最漂亮的女孩，当然也是因为村里的女孩子少，同龄女孩更少，她后来嫁给了我们在佛堂小学共同认识的一个同学。

英江很有领导才能，是个孩子王，自封"司令"，其他孩子则是"副司令""军长"地依次往下排，一般是根据年龄排，也有个别是根据影响力排的，轮到我时已经是"团长"了，后面比我年龄更小的小朋友只能当"连长""排长"了。

那时还没有电灯，家家户户都点煤油灯，即便是煤油灯也要省着用。那时学校基本不留作业，下午三点多就放学了，一大群小孩子放学后就是一起疯玩。这群孩子们平时一般会分成两个"敌对阵营"，打仗、捉迷藏，夏天还到长塘里一起洗澡、摸螺蛳、游泳、嬉闹。

那时可不敢妄想有电视机之类的电器，有收音机的家庭就不多。夏天的晚上，偶尔会有盲人来村里表演评弹，边弹边唱。小孩虽然听不懂在唱什么，但都感觉那韵律很动听。表演结束时，大人们都给盲人几毛钱，小孩子却在表演结束前就溜走了。

村里偶尔也会放电影。在平地上搭起幕布，大人小孩早早地就拿着凳子先去占位置，等天黑后再过去看。放的电影大多是那几个样板戏——《红灯记》《智取威虎山》之类的，另外就是战争片，如《南征北战》《地道战》等。这些片子在各村轮番放映，我是每场都不曾落下。我至今还记得四岁，那

古镇上的电影院

年有一天一个离家挺远的大队在放电影，那天家里其他大人不在，我的小婶婶又已怀孕七八个月了，身体不太舒服，但我放声大哭，最后小婶婶还是带我去看了。

那时虽说生活艰苦了点（能吃饱但真没有菜，白米饭上放点酱油或猪油就是美味佳肴了），但日子过得还是很快乐的，每日和一大批同龄孩子一起读书、自由地成长着。

英江还有绘画才能，但没考上浙江美院，后来去当了兵，退伍后在舟山嵊泗列岛当上了派出所所长，后到义乌当过镇长、环保局副局长，现在也已经退居二线了。

义文是我们村里第一个大学生、第一个研究生，还是第一个赴美工作的人。他爸爸是地主的后代，"文革"结束后没几年就患癌症去世了，去世时不过只有五十几岁！那时的学制是初中两年、高中两年，通常学生十五六岁就高中毕业

了。义文高中毕业之后干过农活儿、修过雨伞、学过手艺，但都不适应，也不甘心。恢复高考后义文去读了高复班，复读了几年终于考取了浙江医科大学。大学毕业后又考上了上海医科大学的研究生，然后留校做了老师，再是考托福、GRE，后来去美国工作，至今已定居美国三十年了。

义文有个叔叔在上海工作。他叔叔的儿子，就是他的堂哥李文，小时候也在村里长大，后来去江西插队，只是年纪比我们这批孩子大些，没有在一起玩过。

读完二年级，我到镇上的佛堂小学继续读三年级。那地方离家有一公里多，要穿过一片农田，要过河过桥。中午没有时间回家，早上就带上饭盒上学，中午自己淘米在炉灶上蒸饭，再配些梅干菜之类的一起吃。

佛堂是个古镇，以前就很热闹，现在更是成为一个人人向往的旅游景点了。学校附近有家照相馆，那时照相馆可是了不起的高档场所，我记得小时候唯一的一张家族全家福照片就是在这里拍的。佛堂也算出过几个名人，例如宋朝名将宗泽。如果范围扩大到义乌全境，还有另外几个著名人物。第一个是《共产党宣言》的翻译者陈望道，他是义乌人，在新中国成立后曾任上海复旦大学校长。另外一个是历史学家吴晗，曾任北京市副市长。还有一个是文艺理论家兼作家冯雪峰。现任中央政府驻港联络办主任骆惠宁、中国国民党主席朱立伦、澳门特首贺一诚都是义乌人，可见义乌这个弹丸小城在华人圈的影响力。

小学毕业后，我在萧山继续读中学，在父母身边生活。

我的童年就这样结束了！

我曾想用最真挚的情来挽留这匆匆时光，可终究不能。时光荏苒，叹年华已过，岁月淡薄，叹不知该如何珍惜。

虽然故乡的村庄现在已经被夷为平地，物非人也非，但不论世事如何变化，故乡终归是你无处可去时那永远的容身之处。当你漂泊在外，无所依附，这片土地仍会在无形中遥遥予以你慰藉。

有位诗人曾言"仿佛只有在我这里，故乡才是完整的"，我想，完整的是那份温热的乡情，因为在故乡，有自己最亲的人，有丢不了的乡音，有那个最纯真、最无畏、最初的自己。也许到人生曲终人散之刻，离开的离开，忘记的忘记，如果生命是一个不断失去的过程，那么故乡就是我们心灵深处那永不消逝的梦国。在我余生的每一天，唯愿把故乡在心灵深处小心安放、久久珍藏。

蒋村往事

我母亲老家是在嘉善县的一个小村庄——天凝镇蒋村，我就出生在蒋村。嘉善县尽管要比很多县级市繁华，但至今还叫"县"。

我一生的起点，就是这个蒋村。在我那个年代，大多数中国人都出生在这样的无名村庄，这样的无名村庄也时时上演着无数的爱恨别离！

我母亲出生在一个多子女的家庭，有两个姐姐、一个妹妹和一个哥哥。他们兄弟姐妹五人生于中国最贫穷最艰难的时期——20世纪三四十年代。那时的中国战火纷飞、民生凋蔽，人们生活在一片水深火热之中，小人物的人生就像海上的浮萍，漂泊无定。我外公姓吴，是做小生意的，外婆是农民，因家境贫寒，无力抚养五个孩子，便把最小的妹妹过继

蒋村老屋

给了嘉兴城里一户姓沈的人家。除了舅舅读书用功考上了大学外，其他几个姐妹很早就颠沛流离到外地谋生了，兄妹后来分散在不同的地方——宁波、上海、萧山等处。如今我母亲四姐妹都已去世，唯有我舅舅还健在，生活在上海。

这是一个很典型的农村贫穷家庭，子女众多，房子却又矮又小。那房子现在还在，但已多年没人居住，感觉已经风雨飘摇。房子周边已建起了两三层的楼房，房子便更显破落。现在蒋村最破旧的房子，就是我母亲那一辈的老宅。在江南农村，蒋村总的来说算是比较穷困的村落。

天凝相距著名的江南古镇西塘没几公里，也是典型的江南水乡。家家户户都临河，每户人家都有条船，就像现在每户人家都有私家车一样。人们是摇着船橹去走亲戚的。因为江南农村河流纵横密布，有河必有桥，而且基本都是拱桥，汽车没法开，骑自行车也不方便，小船就是这里主要的交通工具。我在九十年代初回嘉善老家还是摇着船去走亲戚的，但现在马路早已经四通八达了！

　　我妈十六岁时就离家到一百公里外的萧山当时新建的国营大厂——杭州第二棉纺织厂工作，并在那里和我老爸结了婚，回到老家生下了我。几个月后，我就被送到爸的老家——浙江义乌佛堂镇旁边的一个叫"双塘"的村庄，在那里一直住到小学毕业，之后回到父母身边开始念中学，中学毕业后到杭州市区念大学，大学毕业后回萧山（现杭州滨江区）长河中学工作，后又去上海读研究生。我落脚的这几个地点，其实是在一条铁路线上，所以这条线我没少跑，跑得最多的线路当然是"萧山—义乌"这条火车线，有一百多公里的路程。记得我小时候这条线往往要开七八个小时，我每次都坐那种每站都要停的慢车，早上出发，到义乌时已经是傍晚了。义乌火车站离家乡还有三十多里路，出了火车站还要坐汽车一个多小时，再走半小时的路，到村庄时往往已经天黑了。这段路现在开车只需一个多小时。如今的高铁从上海到义乌也只需一个半小时。这条铁路线将我一生中最重要的四个地点——上海、嘉善、萧山、义乌连接起来，中间或有偶然的偏离，但人生足迹的基本轮廓还是围绕这四个点。

　　嘉善农村最有名的是两棵已生长千年的古银杏树，如今两棵古树已经被保护起来，成为旅游景点。古树附近还有一处千亩大湖的蒋家漾。曾有人这么形容蒋家漾"既有湖的秀姿，又有海的气魄，湖面上的落日，轻荡春的回归"，这微波荡漾的蒋家漾也即将被开发。

　　上一代母亲家唯一的儿子——我的舅舅，在一九五九年考上了重点大学华东师范大学，这所学校是全国第一批十六所重点大学之一，我舅舅在这所大学还能免费读。在当时的人看来这是一件很了不起的事情，在古代这也算是考中状元了。从此我的舅舅告别了贫穷落后的乡村，进入中国第一大城市——十里洋场大上海。后来他成为了大学老师，这是他一生中最自豪的事情！舅舅虽大学毕业后留在上海成家立业，但他每年清明节都风雨无阻地带领小辈去嘉善祭祖，并承担了家乡所有祖坟的管理费用。留在嘉善的大姨女儿也每年一起祭祖。

在宁波的阿姨二十多岁就是宁波市区某医院的支部书记了，后来由于社会、家庭等方面的原因，身体一直不佳，很早就病退了。

我那年纪最大的阿姨一生都生活在嘉善农村，靠种地和做裁缝活儿维持生活，并照顾弟弟妹妹，一生过得很清贫。

我那年纪最小的从小便过继给别人家的阿姨，小时候在别人家里过的日子比自己家里好，婚后她丈夫早逝，又带着两个女儿改嫁，后来的丈夫也对她很不错，但家境一般。

我的父母一直在萧山生活、工作，养育了三个儿子，两人收入不高，还要时常接济老家的亲戚，日子过得一直紧巴巴的，这也形成了他们极度节俭的习惯。

我母亲这辈人的人生轨迹，其实是一个大时代的缩影。战火纷飞、政权更迭、民生凋蔽、运动频繁，衰败的老屋也成为那个时代的一个标本，不过还算基本得以保留原貌。每个人都在这个艰难时代的浪潮中飘摇沉浮。不过很幸运，每个人都活到了 21 世纪，都活到了七十多岁，现在几个亲姐妹已在天上相聚了。无论是人还是物，终究都会随风而逝。

奶　奶

尽管时而会想起她，很久以来也一直想给她写点纪念文字，但一直没有也不敢动笔。

今天是中秋节，是阖家团圆的日子，恰巧也是我奶奶去世三十二周年忌日（公历十月四日），她已经离开了整整三十二年。今晚月光如水，我看着皎洁的月亮，心想奶奶也一定在天上看着我。我在出生几个月后就被她带到身边，一直到我十一岁小学毕业后才离开她回到父母身边生活。整整十年的童年光阴，都是在她身边度过的。

从我第一眼见到她就觉得她很老了，样子和她离开世界时差别不太大。其实算起来，那时她才六十岁，现在六十岁的人看上去根本不会觉得老。

我从没有看过奶奶年轻时候的模样，那个时候穷得根本

奶奶晚年的照片

没有闲钱去照相。那年代经常是吃了上顿没下顿，其实直到我小学毕业都没拍过几张照片，尽管我念的小学旁边就是镇上唯一的一家照相馆。

我从小和奶奶在义乌农村长大。她出生于清朝末年，是个裹小脚的女人，我曾多次观察她的小脚，一双原本正常的脚被裹成"三寸金莲"，不禁想，这竟也是一种传统文化？走起路来整个人摇摇晃晃，连走路都不利索，又怎么下田干农活儿？爷爷早逝，奶奶一个人拉扯四个儿子长大，当时最大的只有十四五岁，最小的五六岁。我无法理解，一个目不识丁的农村寡妇，是怎样独自度过后面四十年的人生岁月？因为在我能独立理解这个世界之前，她就已经离开了这个世界。

她很平凡，个子瘦小，目不识丁，可以说是那个时代最普通的农村妇女，生于清朝末年（应该是一九〇八年），中年（不到四十岁）便开始守寡。据说我爷爷是在与人起争执时，被人拍了一砖，流血不止，很快就过世了！其实放到现在，只要去卫生院包扎下止了血就没事了。我太爷爷安葬了我爷爷，那是白发人送黑发人，不久我太爷爷也去世了，父子俩在同一年去世。而我奶奶便从此开始守寡，没有再嫁，当然在新社会也不会为她立贞节牌坊了。此后奶奶过的日子更苦，在农村，一个寡妇独自一人拉扯四个年幼儿子长大，艰难程度可想而知。

但她的辛苦付出有了回报，她的四个儿子长大后都成为有头有脸的人物，至少在村里是算得上的。大儿子（我大伯）最像她，沉默寡言但很实干，在集体经济年代是劳动模范，改革开放后最早下海，和三儿子（我大叔）一起开设袜子厂，几年后他们分开创业，大伯家后来又开设了内衣厂，还涉及房产投资行业，成了当地首富，三叔因为唯一的儿子考上大学成为法官而无人继承家业（农村传统是家业只传儿子不传女儿），所以早些年就关掉了企业，自己享受生活了；二儿子（我爸爸）在五十年代就参军提干，在部队当军医，后复员到浙江省最大的轻纺企业——杭州第二棉纺织厂当厂医；小儿子（我小叔）脑子灵活，后来成为村主任。她的孙辈，在录取率极低的八十年代末九十年代初每一家都出了大学生。

　　奶奶是闲不住的劳动妇女，儿子长大后，她又帮助儿子带孙子，我就回到了她身边。我小时体弱多病，又喜欢乱跑，她也管不住我，在我六岁时便送我去村校上小学了。我小学毕业后，要回到住在萧山的父母身边生活，她很舍不得，所以她的生活状态变成在每个儿子家里住三个月，所以每年去萧山住三个月。其实我们一家五口（加上奶奶一共六口）住在二十几平方米的厂宿舍里，住宿条件远没有农村宽敞，但我知道她不放心我，怕我不适应新环境，想多陪陪我。她晚年每个月有两元零花钱，一年下来也只有二十四元，她自己不舍得花，积攒下来等我回老家过春节时，专门给我买些荔枝或者买只鸡补充营养。有件事我记忆深刻，有次我想买一本书，两元六角，想问父母要钱（当时我没有零花钱）买书，但父母的意见是去图书馆借（其实中学图书馆里根本没有此书），奶奶听说这件事后拿出一条紧紧裹着的皱巴巴的手帕，里面有很多零碎的钱，主要是分币，还有些角币，数来数去也还是不够，书最终没有买成。

　　奶奶一直对我很宽容、慷慨甚至是溺爱，她在某种程度上代替了我妈在我心里的地位。我妈是个比较苛刻又极其节俭的人（她对所有人都这样，包括她自己），这也是我和我妈之间一直缺乏亲密感的原因。

　　后来在我的生活和工作中，也碰到过不少艰难时刻，这时我常常会想起她老人家，她一生所承受的苦难和她内心的坚强一直在无形中激励我，化作我前行的动力。

　　到我读大学时，她也很老了，皱皱的皮肤紧贴着骨头，隆起的血管像是盘踞在皮肤上的一条条路，通向苍老。她一生都佝偻着的背承受过太多苦痛，单薄的身影始终在风中摇曳。

当然她也有偶然开心的时刻，如儿辈做成生意、孙辈考上大学之类的，每逢这种时刻她也会偶尔流露出笑容。她空下来的时候，有时喜欢一个人静静地坐在某个角落，佝偻的背靠着墙，手安静地放在膝盖上，眼光眺向远方，似乎想要看到远方的尽头。我不知道她在想什么，但是我猜一定是一些很深很沉的记忆，她就这样静静坐着，不说话，当然也可能在和天堂的爷爷或者她的父母对话，许久许久，最终和时光融在了一起。

劳作一生她却一直也闲不住，晚年也是天天打扫卫生、洗衣服、烧饭、操持家务，出事那天也是和往常一样，天刚蒙蒙亮就起床打扫卫生。当时她住在我大叔家里，那是刚建造好的房子，二楼没有围栏，楼梯还没有安装扶手，她在二楼打扫卫生时可能没看清，不慎滑倒，直接从二楼楼梯摔下来，一直滚落到一楼，头撞到了门锁，巨大的响声惊醒了还在睡梦中的大叔一家，大叔发现后连忙把奶奶送进医院，奶奶在医院昏迷了一天多，最终抢救无效过世。据村里去看望她的老人说，她在临终前是有意识的，仿佛她能听到来看望她的人的谈话，因为他们看到了她深凝在眼角的泪水流了下来，所有亲人都能感觉到在这个世界上她还有很多舍不得的东西，她怀着对这个世界的恋恋不舍永久离去。

据说奶奶的丧事办得很隆重，之所以是"据说"，是因为家里怕此事影响我学习，故当时未告知我奶奶去世的消息。我当时是一个月回家一次，我是在丧事办完将近一个月后才知道的。

我心中一直有遗憾，奶奶为我付出了那么多，却在我将要能回报她的时候，永远离开了这个世界。我没有送她最后一程。

我奶奶叫许芝英，所以我此生特别善待姓许的人。

奶奶出殡那天，全村的人都来送行了。她是当时全村寿命最长的人，也是一个德高望重的老人，苦难一生的奶奶终于和早已离开世界的爷爷在天堂汇合了！

从此您留给我的只是一生的回忆，我亲爱的奶奶！

二〇一七年中秋节

企业建成小社会——杭二棉记事

杭州第二棉纺织厂简称杭二棉，建于一九五八年，曾是浙江省最大的轻纺织企业。这个"小社会"即便是在国家财力还很困难的 20 世纪 60 年代，也已经有了从幼儿园到大专的完整教育体系，并有党委、宣传科、教育科、生产科等行政部门及职工医院、保卫科等职能部门。这几万人（工人大约一万人，加上家属共有两三万人）基本都住在厂区的周围地段，宿舍区分为厂西和厂北两个分区，分别在厂的西面和北面。厂区的占地面积很大，有近千亩地。厂区有四个大车间，正门口立了一尊毛泽东的塑像。

我母亲是从嘉善来到杭二棉工作的，父亲是从义乌出去当兵，在部队做了几年军医，后复员到杭二棉做职工医院厂医。我们家住在杭二棉厂西的生活区，生活区和主厂区的西

杭州第二棉纺织厂

门之间隔着一条十几米宽的小河，小河上架有一座桥，桥名
为"竹桥头"，估计是因最早所建的桥材质是竹子，当我看到
这座桥时，已经是水泥桥了，但"竹桥头"这个名称还是保
留下来了！"竹桥头"俨然是杭二棉的CBD（中央商务区），
附近有商店、饭店和其他各类便民设施，厂西居民到厂里上
班，都必须经过"竹桥头"，所以每天一大早，"竹桥头"已
是人声鼎沸，因为好几家早餐店都建在"竹桥头"附近。在
上班早高峰，无数辆自行车川流不息地经过"竹桥头"进入
厂区西门；在中午十一点左右，又有无数辆自行车从厂里涌
出，回各自家中吃饭、午休；到了下午一点多，又是上班高
峰，下午四点半则是下班高峰。那里人的生活就是这样每日

循环的。这是一种高度规律的生活。

从五十年代未建厂时期开始一直到"改革开放"初期的八十年代，如能进入杭二棉工作，相当于现在进入体制内工作，是件非常光荣的事。我父亲曾经作为招工组成员之一去浙江衢州招工，那里有一个家境殷实的女孩非要到杭二棉当挡车工，挡车工是当时所有工种中最辛苦的工种，但她不以为苦、反以为乐，由此可见杭二棉当时在人们心中的地位。杭二棉的员工大多是女工，当时的男青年也以能娶到杭二棉的女工为荣。

我小学时一直在义乌上学，中学六年都是在杭二棉职工子弟学校就读。我们这代人出生于中国人口高峰时期，初中时全年级有八个班，一个班差不多就有五十个人，当时一班、二班是尖子班，三班、四班是普通班，五班、六班是差生班，七班、八班是留级生班。我小学时在义乌上学，到萧山后因听不懂当地方言，所以成绩自然也不太好。我初一时被分在四班，学校经过几次调整，我初中毕业时全年级有六个班，有些特别优秀的同学考入了萧山唯一的一所省重点中学萧山中学读高中，大多数学生都留在本校读高中，高中时都在一个班。

其实我们和很多要"鲤鱼跳龙门"的学生不同，我们本身就是居民户口，在当时可以顶职（即父母退休时子女顶替其职位）。想着反正总会有工作，所以大多数人的读书积极性并不高。我们之前的几届学生中竟没有一个考上大学的，连考上中专的好像也没有。此后我们这个班由"文革"前的杭州大学本科毕业生陈老师当班主任，全校最好的各科老师也都被抽调到这个班，形成了史上最强的师资队伍。调整之后果然有效，三年后学生高中毕业时有十个学生考上了大学（含大专），第二年又有三个考上大学，还有几个考上中专，都没有考上的一批学生则通过"招干"，进入了后来火热的银行、电信、物价等管理部门。当时刚好是"干部四化"，年富力强又有文凭业绩的陈老师从一个普通老师跳过副校长、校长、教育科长、教育处长等职位，直接被提拔为杭二棉党委副书记，直接连升了很多级。九十年代杭二棉破产后，陈老师以工人身份退休。

政府化的企业，加重了企业的负担，不符合政企分开的改革要求。桥归桥，路归路，随着社会主义市场经济制度的确立、非经营性资产的剥离，国家逐渐把属于社会的还给社会，子弟学校也被划归到萧山教育局管辖，如此一来子弟学校的老师也就都归属于萧山教育系统。老师属于教师编制，而工厂属于企业编制。当年教我们的老师，现在都已到了古稀之年，好在大多数老师身体都还健康，而我们高中的同班同学，到目前为止已经有四个离开人世！

由于民营纺织企业遍地开花，市场竞争加剧，国有纺织企业逐步退出历史舞台，杭二棉在九十年代后期被迫破产重整。

杭二棉破产之前，我父母已经退休，我弟弟已开始下海经商，我大学毕业后早已在外工作，全家人都没有被那场风波影响，但我们这一代有很多人都被波及了，这也是改革开放造成的一方面消极影响。

90年代我在证券公司从事股票发行上市相关工作，接触到不少这类企业，因为最早上市的基本都是国有大型企业，很多工人为这些国有企业奉献了大半生，但在市场经济潮流的冲刷下，这些国有企业的经营普遍非常困难。这些工人希求寄身的企业能上市，当时是证券市场，实行额度制，分到额度的企业基本都能上市，但毕竟僧多粥少，能上市的企业并不多，很多职工都没有得到很好的安置。

对于杭二棉的变迁浮沉，我既是亲历者，但也是旁观者，因为在那里我仅仅度过了六年的中学时光，那六年我还只是一个懵懂的少年，且又是学业最紧张的六年，不可能关心到学业外的太多东西，所以关于杭二棉的大多数事情也是道听途说的。

随着城市的发展，杭二棉已经成为了历史，杭二棉所在的区域也成为了萧山区市中心的黄金地段，宾馆、酒店、商场、住宅区在原来的杭二棉厂区拔地而起。杭二棉厂西的生活区还保留完好，但生活区里居住的大多是第一代杭二棉人及外来人员，年轻人大多在城区有新住宅。而厂北生活区已经被拆得差不多了，那一排排的两层小红楼，据说有部分将在周围的钢筋水泥中被保留下来，改造成文化园区。但愿年轻的一代能从中了解到那个已经远去的时代，铭记这里曾经是一块他们的祖辈、父辈抛洒过汗水与泪水的热土。

中国"最好"的大学

所有人都知道，中国最好的大学是北大和清华，这是望子成龙的中国父母给孩子从小就设立的目标。

我的大学是在杭州师范学院上的，我还和马云同级，不同的是他念外语系，而我念数学系。记得马云曾说中国最好的大学就是他的母校——杭州师范大学，这一说法从此便流传开来。

记得到杭师院报到的那天，我从萧山的家中出发，坐"15路"公交车，到终点站杭州龙翔桥下车，再步行了几分钟到平海路换乘"10路"公交车，一站站地坐过去。这"10路"公交车贯穿了几乎杭州所有的大学（除了浙大），先后分别是杭州大学、浙江幼儿师范学校、省委团校、省测绘学校、杭州商学院、杭州电子工学院、浙江丝绸工学院，之后便能

杭州师范学院

看到一片农田，心里拔凉拔凉的，那时的文一路是条坑坑洼洼的土路。又过了一会儿，终于到达了终点站——杭州师范学院。

这所学校很小，当时全校总共才有九个系，以本科教学为主，个别系设有大专教学，没有硕士点和博士点。每个系有四个年级，每个年级有两个班，这样基本可以算出共有多少个班多少个学生了（一般情况下每个班四十人左右）！就是这么小的学校竟然还被分成了两个校区，本部在文一路，有五个系——数学、化学、外语、生物、政史，分部在文二路，有四个系，两地相距大约两公里。两个校区的规模、学生数量都类似于现在一个大一点的中学。学校的本部和分部占地面积都很小，本部从校门进去后右手边有五栋外表一模一样的四层楼房——第一栋是女生寝室，第二栋是行政楼，第三栋是教工宿舍，第四、第五栋是男生寝室。校园中央有个图书馆，图书馆附近是食堂，食堂前面还有一个小操场和一个排球场，但如果学校要举办运动会，还是要在分部校区，因为分部校区有个标准运动场。

那时刚刚改革开放，国家百业待兴，学校的硬件设施也比较差。有次下课后，学生们在教室里嬉闹，有个学生在拉着窗框横杆做引体向上的动作，那栋楼还是"大跃进"时期的建筑，因年久失修横杆突然脱落，人从窗户飞了出去，直接从二楼摔到一楼草坪上，幸亏抢救及时没有留下后遗症，但在医院里待了几个月，吃了不少苦头。

当时学校每个月发十五元钱的菜票和二十几斤的饭票，女生的饭票用不完会给男生用，或者用饭票换些菜票。食堂的菜很便宜，一般就一毛多一个菜，学生们基本一餐买一个菜。我记得很清楚，刚到校那天的第一餐我点了一个麻婆豆腐和一个糖醋排骨，共花了三毛七角元，当时就有同学说我奢侈。食堂有个小炒部，那里的菜就贵一些，但也就三四毛一个菜。

20世纪80年代是人们思想最活跃的年代，那时国内开办了各种讲座，有关哲学与文学的讲座最受欢迎，有关叔本华、尼采等哲学家的讲座往往座无虚席，不管是学什么专业的学生都会去听。学生们虽说有时听得似懂非懂，但这已经成为一种潮流。当然，这毕竟是所小学校，无法私下聚会或组成社团来讨论哲学、文学这类当时的时髦学问。

那个年代李燕杰、曲啸等演说家风靡全国，每个省都有类似李燕杰这样的演说家。印象最深的是省委团校的一位老师，个子很矮，好像已经半谢顶，也到处演讲，说话风趣幽默。

当时我也算是个文学青年，年轻人总是比较忧郁，经常将心事记在笔记本里，有时写出来试着给《校报》投稿，还真发表了几篇，对文学的爱好一直保留到现在。

当时我们没什么娱乐活动，有时间就去跑步，晚上在走廊过道上看电视，大家围在一个小小的黑白电视机旁边，走廊过道很长，可以容纳很多学生，我记得当时在那里看过《射雕英雄传》《上海滩》之类的热门电视剧。

对于数学等多门专业课，我已经记忆不深，只记得成绩不好，记得有门课还参加了补考，好像是高等代数。在杭师院数学系的几年学习给我的最大好处是几年后考华师大经济系（国际金融系）的硕士研究生时，我数学考了满分，当然，那时学的数学专业知识现在早已还给了老师。

在杭师大就读时，有几个老师我记忆深刻：一个是邵老师，系总支书记，是一个和善的老太太，既掌握政策，又爱包容年轻学子。

班主任王老师是个年龄和我们相差不大的留校青年教师，数学大专毕业，后来去复旦进修了两年，刚回到学校就担任了我们班的班主任。他是一个数学天才级人物，二十出头就被破格评为讲师，但因为学历低，之后职称没法再提，只能再考研究生，他考了几次，每次数学专业课都分数奇高，但英文总是过不了关，所以在九十年代中期也离开了学校，之后专门研究炒股，成为了股市高手。

我们学校的图书馆管理员，是一个高大英俊、沉默寡言的六十来岁的老人，据说还是当时一部很红的电影《保密局的枪声》的主角原型。我每次远远看到他，就会有种崇拜的感觉。

杭师院当时主要面向杭州地区招生，但我的两个杭二棉子弟学校的中学同班同学一起考到了杭师院数学系也是很巧合的事。一位是祝同学，风流倜傥，是学校排球队、足球队队员，更是所有女生倾慕的对象；另一位是林同学，天资聪颖，别的同学要看几天的书，他可能几个小时就够了。在当年录取率超低的情况下，能够轻松被录取为数学系的本科生是件不容易的事情。此外，祝同学是桥牌高手，林同学是围棋高手，只可惜祝同学去年就已英年早逝。

当年我们所在的小学院后来经过合并同类院校，如今已经成为一所有一定规模的大学，这也得益于它是杭州唯一的市属大学，所以杭州市政府给予了很大的支持，包括土地、教学经费等。经过不断地合并，学校的历史也已有一百多年了。

长河悠悠

"长河"是一个富有诗意的名字，很多人都知道唐诗名句"大漠孤烟直，长河落日圆"。我说的"长河"只是一个地名，所指的是一个钱塘江边的千年古镇。长河中学就在这个古镇旁边，是方圆几十里内唯一的完中（指既有初中又有高中的学校）。我人生的第一份工作就是在这里做高中数学老师。

我曾好几次在梦中回到长河，每次的梦境总是相似的——开着一辆车子孤独地行驶在旷无人烟的双车道水泥路上，路两边是灰绿的树，车开了很久以后，出现了一条大河，水流湍湍，过桥后的河边有栋孤零零的被围墙包围着的灰蒙蒙的建筑，建筑的外观颜色像 18 世纪很多文人笔下的英国城堡，那建筑就是长河中学了。中学的周围是一片广袤的农田

长河中学教工宿舍

和几座依稀可见的村庄，学校的整个外观是灰白色的冷色调，如同鲁迅笔下冬天的故乡。围墙内的主要建筑是一栋四层楼的回形楼房，每层楼都有几间教工宿舍，显然已经有些年头了，脚踩在地板上会"吱吱"作响，而且每次去那里找人也找不到什么人，去熟悉的老同事家敲门也没有回应，对此地的其他印象就有些模糊了。

我不是周公，不会解梦，并不知这梦境意味着什么，但几次都梦到类似的画景，总感觉老天爷似乎想告诉我什么！

长河说起来是镇，但在八十年代后期我去那里工作的时候，其实就是一个落后的乡村。整个镇只有两条交错的几百米的小街、几家小饭店，还有可供修鞋和修自行车的修理铺

长河中学操场

以及沿街的小菜场。最现代化的建筑是一家电影院，这家电影院除了可供放映电影，还是长河镇及学校开大会的场所，在当时也算豪华建筑了，据说当时的镇领导因为决定修建这个豪华建筑还挨了批评！

我去过芙蓉镇（指因在此地拍摄电影《芙蓉镇》而出名的湖南小镇王庄，后改名为"芙蓉镇"），长河镇和芙蓉镇有点相像，但规模比起芙蓉镇要小得多。居住在长河镇的大多数人姓"来"，一个很少见的姓氏，但在当地姓"来"的人太多，有的小孩子还以为那是天下第一大姓。

这里的学生基本都是长河镇和周边乡镇（浦沿、西兴等地，是现在的杭州市滨江区）的农家子弟，大多都是农村户口，居民户口的学生非常少。当时的等级制度还比较森严，居民户口的人看不起农村户口的人，县城户口的人看不起小镇户口的人。当时的教育系统相对封闭，教师的分配只能内部调动，教师不能去考公务员或者从事其他非教育类的工作，所以当时长河中学全体老师的奋斗目标是能被调动到萧山县城里做老师。

这是一个千年古镇，关于此地的历史记载可以追溯到春秋战国时期，相传越王勾践曾在此镇旁边的冠山上卧薪尝胆。今时越王的马槽犹在，当然这只是后人仿造的。小镇边界有一处喷涌的泉水，叫"乳泉"，当地居民经常在那儿打水，小镇附近还有一片湖叫"白马湖"，那里景色不错，不过这几年我只去过一次。

当时人们是没有闲情逸致去玩的，农民忙于生计，学生努力学习，年轻老师绞尽脑汁想到城里任教，已经在城里安家的老师则忙于工作和生活。

长河是当时中国最底层社会的一个缩影。

我在那里看到的第一份报纸是《浙江教育报》，很惊讶看到了自己的一篇散文作品——《枫叶》，后来报社几经辗转寄来了十元稿费，我才知原来他们是从别的报刊上转载的，那时我已经毕业但还未被分配工作，报社无法与我取得联系。

在长河中学教书的三年，我每周回县城的家一次。当时实行的是六天工作制，但周六下午可以早点走。我骑自行车半小时就到家了。周日吃完晚饭返回学校。返校的路是一条林荫道，路两边植有高大树木，到校时天边已经是星星点点了。记得每隔一段路，就会有一盏路灯，但路灯的光亮并不能覆盖整个路面，好在有月光，还有一路上那斑驳的树影。

当时我刚满二十岁就在长河中学担任一个高一班级的班主任。那时我个子矮，与学生差不多高。

可好景不长，我担任班主任还不到一个月，在九月二十八日那天，一个小个子的女孩在擦玻璃窗的时候出了事故。

我现在还保存着这张三十年前的病历单，单子上的病人叫"金月娟"，一个十六岁的小女孩，因从高空坠落病危。

记得那一天班里正在大扫除迎接国庆，学生各有分工，有的扫地、有的抹桌子、有的擦玻璃窗。那位金同学负责擦玻璃窗，但她个子矮小，就爬到窗户上去擦，却不慎从四楼坠下。我得到消息时正在办公室，当时就感到脑海一片天旋地转，心想教学楼前面是一块水泥地，从四楼坠落岂能活命？后来知道孩子是从教学楼后面窗户坠落，幸好有几棵大树，她在坠落过程中身体碰断了几根树枝，坠速得到了缓冲，但孩子的一只手及双脚严重骨折，生命垂危。

救护车很快就来了，将小金同学送到了最近的杭州第四人民医院抢救，总算保住了性命，经过几个月的治疗，终于出院了。出院后她就转学回到城里的家，之后便再也没有与她见过面，也再没有任何关于她的消息。一个学期过后我的班主任一职被卸任，估计和这件事也有关系。这段时光是我一生中唯一的一段担任班主任的生涯。

后来我离开那里到上海读书、工作，中间还去过深圳工作了两年，记忆中搬过无数次家，但这张病历单我却一直保存在身边。感谢微信，在二〇一七年八月十八日，金月娟也进了班级同学的微信群。当我把这张病历单拍了照发到群里时，她感动得流下了热泪，很多同学看到也都激动了，因为这是见证他们青葱岁月的一个物证。

丽娃河畔

　　每所学校都有其代表性的景观或者建筑，有名的有北京大学的未名湖、武汉大学的珞珈山、湖南大学的岳麓书院，等等。在上海，也有一条风景秀丽的校园内河，名为"丽娃河"，是华东师范大学校内的一条河，丽娃河几乎已经成为华师大的另一个校名。

　　上海号称"魔都"，高楼大厦林立，但自然景观甚少，尤其在八九十年代。华师大的校园因为有丽娃河，风景秀丽得像一个公园，而且毗邻有山有水的长风公园，因而成为上海市民周末休憩的一个好去处。

　　丽娃河是一条很瘦小的河，甚至算不上是一条完整的河。它只是一段河，河的尽头一端是夏雨岛，另一端据说与苏州河相连，但一堵围墙将丽娃河拦住了，所以丽娃河只是一段

我和我的硕士导师

几百米长的河流。

丽娃河横贯华师大南北，将整个校园分成了"河东"与"河西"两块区域。其实以前这里就是两所大学，以河为界，河东是光华大学，河西是大夏大学。一九五一年光华大学和大夏大学合并成华东师范大学，一九五二年院系合并时又把中国最古老的大学——圣约翰大学的大多数系科并入华师大，形成了新的华师大。学校的行政楼、文史楼等建筑都已有上百年的历史，而华师大本身却只有七十年的历史。国内的多数大学，建校历史能追溯很远，但校内建筑的历史年限明显短很多。在这一点上，华师大与它们截然相反。

丽娃河的中部和南端分别建有两座桥，河中部那座桥很长，叫"丽虹桥"，河南端的那座桥则要短得多，我问了好些人，都不知道它的名字，也许那座桥本来就没有名字吧。

漫步在丽娃河的两岸，随处可见三三两两种类各异的树木，其中最醒目的要数夹竹桃和柳树，特别是夹竹桃，每到夏天，满树的花仿佛一夜之间就全开了，鲜红欲滴，远远望去，在蓝天下显得分外耀眼，摄人心魂。

沿着这条河往南一直走到头，你还会看见一座绿树成荫、花木繁茂的小岛，那就是著名的"夏雨岛"。当年，这里是恋人们最流连的地方之一，许多情山恨海之事，都曾在此上演。

90年代初，我在这所学校读了三年研究生。因为是独自一个人在上海，所以华师大也成为了我的精神家园。当然，同样也是像我一样从外地赴此求学的诸多学子共同的精神家园。

华师大的建校史还是挺风光的。华师大是一九五九年国家公布的十六所全国重点大学之一，第一任校长是华东教育部部长孟宪承，合并为华师大的三所大学也都有历史渊源。光华大学、大夏大学都是私立大学，光华大学是脱离圣约翰大学的部分师生所建，大夏大学则是脱离厦门大学的三百余位师生所建，圣约翰大学则是著名的教会大学，是中国最早建立的大学。三所大学在一九五一年合并为一所新的大学。如果将在这三所大学里当过学生或者老师的名人汇总起来，那真是群星璀璨：钱基博、罗隆基、潘光旦、徐志摩、周有

一九九二年中国国际金融学术界泰斗、华东师范大学教授陈彪如先生和
国际金融系、经济系研究生合影

光、荣毅仁、汪道涵、郭沫若、田汉，等等。我们读书时所
住的第一宿舍，据说也是徐志摩住过的校舍，直到21世纪初
学校才将那块地卖给开发商，重建了一栋高楼！

　　光华大学和大夏大学存在的时间不长，都只有二十多
年，所以校友会的影响力也不大。但圣约翰大学存在的时长
有七十多年，这所中国最古老的大学有当时最多的系科专业，
并入华东师范大学后，圣约翰校友会也并入了华师大校友会。
圣约翰校友会一直都定期举办高规格的聚会，但最年轻的毕
业生现在也已近九十岁了。

　　我的导师胡教授是个女老师。当时教授非常稀少，女教授更是凤毛麟角。我记忆最深刻的并不是胡老师教我学会了多少知识，而是她的家庭。她是20世纪50年代的大学生与留学生，而她的先生，却只是初中学历的政工干部。她家就在学校附近的师大一村，我们几个研究生经常会去她家请教问题。她家是两居室，我们喊她先生为"刘老师"。我们在她家时，刘老师就会静静回避。单看这对夫妇的日常相处，根本察觉不出他俩之间存在着巨大的文化学养差异和社会地位差异，他们恩爱一生，真是我们学生辈的榜样。

　　现在回忆起来，在华师大读书时有一些别样的感受。

　　第一是舞会多。那个时代刚兴起举办舞会，而学校终究是一个相对封闭的场所，商业浪潮还没有卷入高校，所以学校举办舞会就只在每周的周四到周日这四天。

　　我是工作后再去读研的。当老师每月工资有一百多元，读研无需学费，且每月学校发的津贴也有九十几元，当时我的生活费已经足够。

　　那时读书功课不繁重，老师也不太管，大多数学生是外地人，研究生集中住在一栋楼里，就是最靠近后门的五号楼。平时大家经常一起去跳舞，周六下午一般会一起打篮球，结束后洗个澡，然后找个小饭店，一人一瓶啤酒、一盘螺蛳，偶尔奢侈点，会点两盘炒菜。

　　第二是几乎每个华师大学子都会爬后门。

　　华师大后门通向一条小街——枣阳路，其终端是长风公园。别看这长风公园在地图上就是不起眼的一小块，实际上对华师大师生的影响太大了。那里分布着上百家小饭店，各地口味如川菜、湘菜、东北菜、淮扬菜、杭帮菜等应有尽有。除了吃喝，服装店、饰品店、眼镜店、理发店等也是琳琅满目。每天从早到晚公园里都是人头攒动，人群以学生为主，也有社会上的人。狭窄的街道上往往是人车不断、穿梭如织。学生们在那些小饭馆里喝酒、吹牛，有时也畅谈革命与理想。一瓶啤酒与一碟盐水花生，就足以让他们打发掉小半天的时间，学生甚至可以用饭菜票付账。

　　每一个华师大人都会爬后门，因为华师大的后门晚上十一点就关门了，但这时正是夜生活的好时光，所以只能学会爬出后门。我就住在华师大五号楼（研究生楼）的二层，紧邻后门，所以晚上可听见断断续续的"吱吱"爬门的声音，这声音一直可以持续到夜里两三点。其实爬这门并不是件容易的事，后门是一扇铁门，上面是尖尖的头，爬门时整扇门都会随之移动，所以偶尔也会出现爬上去却下不来须得向人求助的尴尬场面。

　　后门文化从此成了华师大校园生活的一部分。长风公园最重要的特色是杂乱无章，分布着破败的小店、杂乱的地摊、胡乱吆喝的小贩、漫无目的的游荡者……贫穷的大学生虽然口袋空空却乐于在这里游荡，使得整个公园显得拥挤而又热闹非凡，尤其是在下课之后的黄昏，那里的拥挤程度不亚于南京路，在学校后门的街道上形成了与其实质极不相称的繁华景象。

　　学校后门还能提供另外一种机会，那就是你在那里会碰到各种各样的人。通常不易见到的人，都可能会在那里出现，那里实际上就是一个小社会。

在长风公园里的一家名为"台湾风味"的面馆，总有一群吵吵嚷嚷的家伙，他们是夏雨诗社的诗人。这些穷困潦倒的年轻人，一边口里念叨着"贫乏时代，诗人何为"的咒语，一边在丽娃河畔游荡，这个画景几乎成为了一个时代的精神象征。"号叫派"是他们的宗师。他们确实爱号叫，号叫着读诗、号叫着唱歌、号叫着在女生宿舍楼下呼喊"小丹""小雯"等名字。

华师大的后门似乎永远隐藏着许多说不出来的秘密。

在枣阳路和金沙江路交界的十字路口，更多的闲杂人等仿佛是寄生在校园身上的昆虫，杂乱而又持久地盘踞在那里。每天晚上九点至十点之间就会出现一位"老克勒"模样的古怪老人。老人戴一顶旧毡帽，穿一件被磨得已看不清颜色的破皮大衣，衣襟上布满陈年的闪闪发亮的油渍。老人每次都拎着个烂皮箱，皮箱的样式是二十世纪四十年代流行的那种，他的头发却梳得一丝不乱。几乎掉光了牙的嘴巴里，永远叼着一支不知是什么材料做成的白色烟嘴，仿佛这烟嘴是从他的嘴里长出来的一样。许多年之后，当我再次回到华师大的后门，我仍然看见了这位神秘的守望者，他还是站在那个位置，还是那样无所事事，目光迷蒙而邈远。

我心想：在他这样一个旁观者的眼里，华师大是一个什么样子的校园？人群一拨又一拨地出现、消失，学生一届又一届地进来、离开，只有这个神秘的男子，永远是一个孤独的守望者，永远守望着一个不属于他的空间。

华师大后门的秘密远不止这些。

在它的杂乱和破败当中，隐藏着耀眼的青春辉光。每天都有许多美丽的女孩子从那里走过，如同鲜艳的花朵绽放在杂草丛生的荒地上，每当微风吹过，便可看见花朵摇曳的芳姿，这是华师大后门最具魅力的大秘密。

有一个无所事事的女孩，几乎每天中午都要陪同别人去华师大的后门，几乎没有固定的同行者，每次好像都是随便陪同一个人去。我看见她每次都沿着街边的小店一路看过去，有小吃店、礼品店、旧书店、杂货店。当她的同伴要买什么东西的时候，她就在一旁打着哈欠，漫不经心地东张西望。每次她都两手空空地去，两手空空地回，仿佛她只是后门小街上的一个漫无目的的过客，并不打算拥有这个世界，但她掩藏在慵懒和倦怠中的迷人光彩，却微微闪烁，照亮了整个华师大后门世界。

这个女孩的形象，构成了一个时代的某种精神象征。一个无所事事、漫不经心的旁观者，与整个世界的繁忙拉开了距离。在激情汹涌或者漫不经心的状态下，一代人的精神就这样长成了。嘈杂而又粗陋的华师大后门见证了这一切。

华师大那混杂的后门、浪漫的后门、神奇的后门和充分"波希米亚化"的后门，构成了一个时代大学生活的风貌：物质上的贫困与精神上的放纵、浪漫、无拘无束。就这样，后门文化成了我对大学生活记忆最深刻的一部分，成了我领会大学精神、透析世界的一个秘密通道。毕业好多年以后，我下了班有空时还会一个人去逛华师大校园，有时去留校同学或后面几届校友那里坐坐，更多时候是独自一人在校园里逛，逛累了就在枣阳路上的小饭馆里吃个饭，感觉就像回家了一样。

现在记忆深处的华师大后门已不复存在了。台湾风味的腊肉面馆已被拆除，装潢夸张的各色酒楼照射的霓虹灯光光彩夺目，破烂的后街也已经被修葺一新、井井有条……

华师大后门被封闭了七年，在前两年又重新开放了，只是枣阳街上的店面比以前少了很多，生意也不复从前红火。后门是华师大学子梦幻时代的时空隧道，她永远活在华师大万千学子的鲜活记忆里，并已经成为他们生命的重要部分。

难忘的荷兰友人

我在华师大读研究生时，交了几个外国留学生朋友，其中一个叫 Frank，中文名是弗兰克。弗兰克到华师大短期留学，其实他是荷兰国家广播电台的编辑，也是一个旅游爱好者，为了省点费用，他到华师大边学汉语边在国内旅游。

当时他已经四十五六岁了，算是留学生中的大叔了，他住的留学生楼就在我们研究生楼的斜对面，我们研究生是三到四人一间，而他们留学生是一人一间，很让人羡慕。

我认识他是在一九九一年，结交后不久，便邀请他到我们寝室玩。当他看到我们是三人住一间，很惊讶。他不能理解为什么我们不是和他一样，也是一人一间。

有一日傍晚的时候，他来到我们寝室，给我们带来了一个盒装的东西，从外包装看不出是什么，只见上面写着英文

"Condom"，这不是个常用词，当时我们并不知道这是什么意思，翻了字典才知是"避孕套"的意思。拆开包装，见是一个巨大的避孕套，我们都很惊讶，他却很自然地说："you need"。

荷兰人是最开放的民族，Frank 给我们带来的观念冲击很大。他说他有两个孩子（一个女儿和一个儿子），现已与妻子离婚了，但和前妻关系很好，过节都在一起过！当时离婚在中国社会还是很罕见的，我们理所当然地认为离婚就是老死不相往来了，不明白为什么他们离婚后关系还可以这么友好。他还告诉我们他以后不会再结婚了："One is enough"（一次就够了），我把它翻译成"一生一次"，这样似乎正能量了很多。

弗兰克是一个很善良的人，总是帮助别人，帮助对象主要是穷学生。多年后他告诉我，他家族有一家家具企业，他也有股份，定期有分红，自己收入不少，但他每个月工资发下来，除了留下自己必需的生活费用，剩下的分成七份，分别用来资助七个大学生，都是中国和东南亚一带的学生。他自己挺节约，省下钱帮助别人，这在当时的我们看来也不太理解。他曾经送过我一个当时很流行的 Walkman，价格在三百元人民币左右，相当于我当时三个月的生活费了。

一九九二年春节，他跟我到我浙江萧山的老家过年，并且去了我原先工作过的中学。那地方是个千年古镇，那天刚好有人家出殡，前面的人抬着棺材往山上走，长长的送别队伍，披麻戴孝吹拉弹唱。他很欣喜，说太有民族特色了，之后便一路跟着拍照，跟了好远才停下来，他把出殡仪式当成风景来看，结果很多人都看着他，他也成为别人眼里的风景。

有次他在我同学家看到一个碗柜，这在当时几乎每家都有，那碗柜已经有点破了，我同学家准备丢弃，他就问能否卖给他，他说他想把它运回荷兰，我们当时都认为他是在开玩笑，因为这东西根本不值钱。现在想来那碗柜还是有点艺术品的味道的。

他特别喜欢中国，后来又来了几次，有一次他自己一个人去了贵州山区，住在农民家里，晚上上农村厕所时差点掉进粪坑。这还真不是玩笑，中国历史上有个皇帝就是因掉进粪坑淹死的。

算来这位荷兰友人现在已经是七十好几的人了，最近一次看到他也是十年前了。记得那次见他时他看起来很胖，走路都有点困难，但他还是那样的善良，总是为人着想，一直帮助别人。春节又要到了，就祝他健康吧！

第二辑

往事如烟

酒吧男孩

在幽静的上海新华路上靠近原来上海交大安泰管理学院法华镇路校区的地方，有个不起眼的小酒吧。在二〇一六年一个春天的夜晚，我和在上海工作的几个义乌老乡在酒店附近吃完饭散步时偶然发现了这个酒吧，大家都提议进去坐坐！

酒吧不大，轮廓是狭长形，加上吧台的座位，大约只能容纳不到二十个人。我们六七个人就坐在吧台听歌。那天的酒吧里只有一个歌手，是一个大男孩，看样子是个刚二十出头、身高约有一米八的帅小伙，一直在一边弹着吉他一边唱着忧伤的歌谣，有中文歌谣也有英文歌谣。显然他是个受欢迎的歌手，唱了一曲又一曲，台下掌声不断，当然还有小费。我们这一行基本都算同辈，且都是女企业家。我们之中只有一个女孩，是其中一个女企业家的侄女，平时帮她做些服装生意，业余时间在一所大学学习。

在中间休息的时候，那位歌手主动走过来和我们一起喝酒聊天，看得出来聊天只是借口，他显然是对那女孩有兴趣。那女孩容貌姣好，彬彬有礼，歌手向她献殷勤，但女孩仿佛对刚认识的男孩都刻意保持一定的距离，显得有些冷淡。在交谈中，他告诉我们他从小生活在纽约，之后回到了上海，大学毕业后就在酒吧唱歌。

过了一会儿，他邀请我一起出去抽烟。在小酒吧的门口，他告诉了我他的身世。

这个一九九三年出生的男孩，从小在纽约生活，是个私生子，从没有见过自己的父亲，也已有很多年没有见过自己的母亲，一直跟着外婆过日子，老少两人彼此相依为命。他十七岁时外婆带他回到老家上海，后来他进入上海的东华大学学习服装设计专业。东华大学原名为"中国纺织大学"，服装设计是该校的王牌专业，但他毕业后并没有从事服装设计方面的工作，而是选择了在酒吧唱歌，他说因为这样挣钱多！

也许是因长期缺少家庭的温暖吧，这男孩的气质有着和他年龄不相称的老成！他说他很想有个自己的家，他竟喊我"舅舅"，显然他以为那个女孩是我的外甥女，我的所言可以影响到她。他说他一眼就看中了那个女孩，希望我能同意他们交往，如果女孩同意，甚至愿意马上结婚！当时我很惊讶，他才二十三岁，那女孩也不过才二十一岁。在现代大都市，再过十年结婚都是很正常的。但看着男孩那认真的眼神，我内心是愿意帮他的。虽然我和那女孩也不过是第一次见面，但女孩的姑妈听过我的课，也算是我的学生，且又是老乡。我和那男孩一直在外面边抽烟边聊着天，之后是长长的沉默，外面下起淅淅沥沥的小雨，我们又各自抽了一根烟，然后就进酒吧了！

后来在我们的鼓励下，男孩专门为女孩唱了一首歌，女孩也给男孩留了电话号码和微信号。之后听说他们有过几次约会。过了几个月，我问女孩的姑妈他们现在的进展情况，姑妈说女孩嫌男孩过于小气，最后无疾而终！一个是衣食无忧的富家女，一个是靠小费生存的私生子，这样的结果是意料之中的。

又有好几年过去了，我再也没有见过那男孩，也没有关于他的任何消息。据说那女孩的姑妈后来经商失败，卷了一些老乡的钱逃到非洲去了，所以也没有那女孩的消息。男孩就像一株浮萍，不知漂到了哪儿。他还在唱歌吗？找到心爱的女孩了吗？也许永远也不会知道答案，但我会在心里永远祝福他！

红红的木棉花

　　地处云南的哀牢山脉，是个非常贫穷的地方，但那里山清水秀，生态良好，山上有各类果木，其中有不少是木棉树。哀牢山脚下有一条长长的河，名为"红河"，是澜沧江的一个分支，流经越南。春天的时候，木棉花盛开，满山红遍，当红红的木棉花倒映在红河中，这时红河才成为真正意义上的"红河"。

　　哀牢山上有很多居民在此居住，以少数民族居多。这些居民以种植木棉、香蕉等农作物为生。远远望去，位于半山腰的农舍若隐若现，宛如仙境，但如果走近去看，其实就是破旧的茅草屋。屋内没有电灯，没有自来水。很多茅草屋已经废弃，但也有少数老人还住在那里。

　　二〇〇九年，一个偶然的机会下，公司投资了一个木棉

哀牢山的木棉树

加工项目，但要将千年以来只能做成棉絮的木棉实现真正的产业化，此事可远没有欣赏鲜红的木棉花倒映在红河中这么浪漫。

由于哀牢山是木棉树的生长地，公司决定在哀牢山所在的红河州个旧市建厂。此事当地政府相当重视，市委书记与市长都亲自过问。市政协主席是负责这个项目的政府联系人，他还亲自谱写了歌曲《木棉颂》，让当地著名歌唱家兼全国青歌赛一等奖获得者王红星唱并录制成碟片，歌曲旋律优美，气势磅礴，风靡一时。当然建厂也并不简单，这事后来也是经过了一波三折才终于落实。

红河州的政府所在地叫"蒙自"，是过桥米线的发源地。红河州最发达的地方是个旧。个旧是世界锡都。在这个高原小城的中心，有一颗璀璨的"明珠"——金湖，金湖来源于洪水，是天地间变废为宝、化腐朽为神奇的见证！

锡都个旧有两大著名景点。第一个景点是金湖。一九五四年八月间，连下了三天三夜的滂沱大雨过后，老阴山脚下的落水洞非但没有落水，反而大量地涌出水来，再加上滚滚而来的山泉，处于低洼地带的工厂、房屋很快便被淹没，小城也随之变成了一片汪洋。这时红河州州政府顺势而为，留住洪水，筑堤围湖。就这样，一个八十万平方米的高原湖泊诞生了！晚上从老阴山的山顶望去，金湖四周高楼林立灯光璀璨，很像香港的夜景。

另一个景点叫"法国楼"，是中国最早的火车站旧址。一百多年前，法国人修建了从这里到越南的铁轨——米轨，这是中国最早的铁路。这里的锡就是通过这条铁路从这里源源不断地运送到越南，再运往世界各地。后来修建了新火车站，这里便成了个旧最著名的饭店，接待来自世界各地的友人。

哀牢山脉当时的贫穷状况，让公司的管理层很受触动，我们商议过后决定给当地捐助希望小学。经过半年的考察踩点，我们准备把山顶上的某个破落小学搬到位于山脚的小镇上，择地建校。山顶上的小学有四个年轻老师，有三个老师都来自东北的同一所师范学校，只有一个老师来自当地，老师们中还有一对夫妻。老师吃、住都在学校里，每周下山一次去采购下一周的食品，通常购买的主要食品是土豆。那里的土豆多且便宜，而且容易保存。当时我问他们为什么不买个冰箱，这样也可以储藏一些肉类食物，说完后他们像看外星人一样地看着我。山顶上有电线却经常停电，那里的老师每月工资有六百元，比正式老师低多了，但在这里工作满一定年限后可以转为正式老师，并且有可能被调到镇上或者县城工作。这显然是很有吸引力的，否则那三个老师也不必从东北千里迢迢来到西南，且来了几年都没有回家看过父母。学生都来自山顶和半山腰的农户家庭，共有几十个学生，被分入六个年级、六个班，有的班在上课时有的班就做作业，这情景像我读小学村校时那样。

我们有强烈的愿望去改善希望小学的教学环境，但是后来遇到了一些阻碍，希望小学之事也就不了了之！现在想起来还是很遗憾。

后来，我们在那边投资的项目也碰到了其他问题。我把项目移交给了别的股东，一直没有再过去。现在偶尔想起来，还是很怀念那边红红的木棉花。

十六年后重返盐城

我曾在证券公司从事投行工作多年。一九九七年初，我去盐城做江苏江淮动力股份有限公司上市工作，在那边连续待了三四个月，之后的十六年再也没有回过盐城！直到去年年底，江苏海洋产业研究院执行院长、南京工业大学陈教授邀请我担任海洋渔业项目评审专家组的成员，为此我再次踏上了这块曾经抛洒过汗水的土地。

我之所以能成为项目评审专家组的成员，其实是因我的朋友陈教授公私兼顾。项目评审专家组的其他专家都是海洋渔业专业方面的专家（评委会主任是中科院院士，陈教授是副主任也是该项目的实际负责人），而我对此可以说是一窍不通，但我之前和陈教授说起过我和盐城的情缘，再加上我是上海海洋大学的兼职教授（其实是在金融系任职），和海洋也算沾点边，陈教授向评委会做了说明，说专家组也需要投资金融界的人士，评委会也就一致同意了。

　　我先坐高铁抵达南京，与先到南京的几个专家会合，一起用过中饭后驱车三百公里抵达盐城大丰。我们先参观了江苏海洋研究院，然后下榻大丰港区的五星级半岛酒店，我们晚上就在酒店里一个叫"致青春"的餐厅就餐。餐厅的服务员都身着海军服，墙上贴满了邓丽君、童安格等明星的旧照，充满了怀旧气息。餐厅外面就是静静的海港，能隐隐看到点点星光！此时我突然有种时空错乱的感觉，思绪万千：十六年了，这次在盐城，会遇到故人吗？

　　时间回到了一九九七年。记得那年春节刚过，我就从上海坐长途大巴抵达盐城，是那种可以躺下休息的脏兮兮的两层大巴，共八个小时左右的车程。晚上七点多的时候，经过一个叫姜堰的地方，那里的人正在村里的水泥平地上载歌载舞，欢庆春节。九点多到达盐城，企业方接我抵至盐阜宾馆，这是市委招待所，是当地最好的两家宾馆之一（另一家是海悦大酒店）！第二天一早醒来，听到各处都在放哀乐，原来是改革开放的总设计师昨晚逝世了！伟人离去之时，正是我乘坐大巴路经姜堰的时候！

　　当年盐城最牛的人有两个，一个是市长徐其耀，另一个是悦达集团（海悦大酒店）的董事长胡友林。这两个人当年都是四十七八岁，正值风华正茂的年龄。那时的徐市长，一表人才，思路开阔，口才极佳，曾任江淮动力发行的总指挥。胡董事长是当地最大的国企悦达集团董事长，当然也是盐城第一家上市公司悦达投资的董事长和海悦大酒店的老板。那时的胡老板，意气风发，用一个亿做成了一百个亿的生意（当年他跑国家发改委要上市悦达汽车，发改委问他有多少钱，他壮壮胆说有一个亿，发改委领导让他有一百个亿时再来，最后他动用了各种资源通过了项目审批）。江淮动力是盐城第二家上市公司，由徐市长亲自指挥江动股票发行！当年江淮动力采用网下申购的方式，那几天盐城市各宾馆爆满，就连浴室都住满了人。

在深圳证券交易所和江淮动力公司董秘一起选择股票代码时，当时刚好轮到"08"开头，我就选择了我的生日"0816"作为这家公司的股票代码。

当年还有个有意思的片段。那时我在一家大券商深圳投行部工作，当时南京市领导（后来成为副国级领导）的女儿在我们部门，所以我们在江苏比较容易拿项目，由于业务人员不够，就一个人负责一个项目，领导偶尔来开个会就离开了。我住在盐阜宾馆二楼的一个房间，一直没有换过房间，里面堆满了私人用品。一个多月后，服务员希望我换到三楼房间，我没同意，说了两次无果后就找酒店总经理过来和我谈。他的态度比服务员和悦，他解释说是因为某中央领导要来盐城视察，带来不少随从和警卫，所以二楼整层都要让出来，希望我能配合。他还说让我把贵重物品带走，他亲自来帮我搬，领导离开后我可再回到这个房间，所有东西会帮我按原位放好。酒店总经理的态度倒弄得我也有些不好意思。

后来我见到了这位领导，原来是一位副总理级领导。好几次我中饭吃完提早回到宾馆，发现他还在开会，开会的人非常多，一楼会议室的空调出现故障，他们就半开着门开会，做领导也不容易。一周后领导离开，通知我搬回原来的房间，一切东西都已帮我按照原来的位置放好。

话归正题，第二天早上八点半开始的项目评审会，一直持续到下午两点，八十高龄的评委会主任刘新垣院士，开会全程一直精神抖擞，令吾辈汗颜。之后主持会议的黄市长设了一个接待午宴，午宴之后我跟着一家企业董事长到了盐城市区。

这次回盐城，发现一切都变了。我曾连续住了三四个月的盐阜宾馆如今已拆，建成了购物中心。江动厂区原来在盐城唯一繁华的解放路上，现今已搬到开发区，原先熟悉的市政府办公楼也已搬迁，只有海悦大酒店还在原处，不过也已经改名为"悦达大酒店"，本来偏处城市角落，现在位于市中心。这次重归没有见到一个熟人，听说原来的董事长、总经理早已退休，原董秘王总做了几年副总后也已离开，董秘助理小徐现在也不知去向。当年城里唯一的保龄球馆管理员小顾，曾对我这个外地人颇为照顾，记得当年她还是不到二十的小姑娘，如今也已是无影踪！

一切人事已是沧海桑田！很多自以为已然遗忘的往事，其实一直深藏在心底的某个角落！有时候一张图片、一个场景抑或一首老歌，都会将我带回往日的情境！

后来徐市长出事了，胡董也不到六十岁就已英年早逝。

徐市长、朱总、王总、小徐、小顾……不管你们现今在哪里，在人生路上，我们曾经为了共同的目标，同行一段路程。佛语说，五百年的前世修行，才能换来今生的一次回眸，我们也是千年万年缘啊！我会永远地祝福你们，尽管也许今生已无缘再见！

二〇一四年一月

住在自行车车棚里的一家人

　　在上海西北部某小区的地下自行车车库内，住着从安徽来到上海务工的一家人。我也是在十来年前一次偶然的散步时因好奇进入了停放自行车的地下室才结识这一家人的。地下室很大，虽停放着不少的自行车、电瓶车，但还是显得很空旷。地下室内有不少柱子，一家人沿着几根柱子用水泥砖块隔了两间房：一间是厨房，有四五平方米；另一间是卧室，有二十平方米左右，里面放有两张床、一张桌子、一台电视机、一个衣柜，房内摆放的物品杂乱不堪。这两间房并不连在一起，厨房在地下室入口的左边，卧室在右边，两房中间是自行车过道。房间虽然简陋，但显然也已得到社区领导的关照，否则若在外面租房，再简陋的房也得要不少租金。当时这家的男孩刚念小学，女孩还在襁褓中。现在男孩已在念高二，女孩在念四年级。男主人在做小生意，女主人看管自行车车库。男孩在上海读完小学后回安徽读中学（男孩没有上海学籍，以后只能参加安徽高考），每逢寒暑假就来上海和父母一起生活。老家的土地已经没有了，村里每年给每人发七百元钱。大人勉强还能够接受现实，但两个小孩的未来很令人担忧。自行车车库的上面都是价值几百万的房子（几百万对他们一家来说是一个天文数字），而他们一家十几年来只能住在地下的停车库里。

法国作家莫泊桑所写的小说《漂亮朋友》讲了一个无业又无学历的退役士兵用英俊的外表吸引女人，通过不断更换女友最终抵至社会高层的故事。

另一位法国著名作家司汤达的名著《红与黑》中的主人公于连也是如此。于连是一个木匠的儿子，年轻英俊，意志坚强，精明能干，从小就希望凭借个人的奋斗跻身上流社会，但屡屡受挫后只能采取结交上流社会女子的方法，最后却下场凄惨。

在中国古代，读书是实现阶层跨越的主要途径，因有"朝为田舍郎，暮登天子堂"，才有"万般皆下品，唯有读书高"。然而在今时，实现阶层跨越的途径则有很多。

贫富差距的逐渐拉大与社会阶层的趋于固化，不仅体现在人和人之间，也体现在企业和企业之间。一方面，美国的小企业生存现状日益艰难，每年新创企业的数量也在逐年下降；另一方面，美国的大企业却异军突起，尤其是四个IT巨头，每一个都富可敌国，不仅都在各自领域取得几乎垄断的地位，在海外也都拥有超过两万亿美元的现金。这四个 IT 巨头分别是"苹果"、Facebook、亚马逊、谷歌，这些大公司的日益壮大，同时也挤压了其他小企业生存、发展的空间。在 20 世纪七八十年代的微软和"苹果"从私家车库里独立出来成为巨头公司的历史案例已经不再可能被复制。小企业只有两个选择：要么被巨头收编，要么被巨头碾压。

但对于当今的互联网垄断现象必须给予高度重视。垄断会带来很多社会问题。拥有绝对垄断资本的公司没有竞争压力且利润丰厚，那么"店大欺客"的情况将会经常发生，这不仅可能会损害到消费者的权益，同时也会遏制创业公司的生存和发展从而阻碍社会的进步。

总之，我认为一定要创造相对公平的环境，让努力工作的人有机会实现社会阶层的跨越。

一两粮票的故事

记得那是一九九二年春，我的一个浙江义乌老乡到上海第九人民医院看病。老乡来了，自然要陪着，反正研究生的课也不多。

排队要排到下午才能挂上号，中午我们在医院附近吃了饭。我们走进一家面馆，要了两碗面条，记得当时我们点的面条是一毛七一碗，也就是每碗需要一两粮票，但我当时一摸口袋，发现自己没有带粮票。

这里我想说明一下关于粮票的知识，因为绝大多数的 90 后、00 后可能根本不知道粮票是什么东西！在当时那个物质稀缺的年代，人们买任何东西都需要用票证来兑换，最常用的有粮票、油票、布票之类的，甚至肥皂、卫生巾都要凭票证兑换，但凡是你能想出来的物品，都是需要票证来得到的，这种情况一直延续到实行改革开放的许多年后。后来物质逐渐丰富，各类票证慢慢消失，粮票是当时最后消失的一种票证。最早取消粮票的省份是深圳，一九八四年，深圳市在全国率先取消一切票证，粮食、猪肉、棉布、食油等商品敞开供应，价格放开，之后其他省份也陆续取消，当然在正式取消之前，也已经有所松动，譬如可以用钱代替粮票，或者可以用粮票去兑换钱及其他物品。在 80 年代末，我的粮票还曾多次用于兑换鸡蛋。

当时上海粮票是全国各省面额最少的粮票，只有半两。

若要从浙江到上海生活，就要把浙江粮票换成全国粮票或者上海粮票，但离家那天我疏忽了，忘了带粮票，所以和老乡到餐馆吃饭时，就问服务员能否用钱代替粮票，那服务员不屑一顾地说了句："没粮票也想来吃

1960 年的上海市粮票

饭？没门！"，还说了类似"乡巴佬"之类的话！那天午饭自然没吃成，换来了一肚子气。

当时的上海排外风气浓重，若不会讲上海本地话就没法融入当地那个圈子。当时"上海人"这个称谓，在上海本地人看来是个褒义词，因为他们自觉高人一等，但在外地人看来，这绝对是一个贬义词，因为在外地人心中，"上海人"早

已成为斤斤计较的代名词。

其实，那些有优越感的上海人前几代大部分也是陆陆续续从江苏、浙江等地过来谋生的，他们在上海的生计主要是当劳工和做生意。当时的劳工很多都在苏州河边盖个茅屋作为居所，茅屋一间连着一间，俗称"滚地龙"，实际上就是棚户区。后来国家实行户籍制度，政府分了房，那些劳工才终得以安身。当时上海各企业的老板主要是浙江宁波人，如第五届上海总商会的会长虞洽卿，他原是浙江宁波人，后来因政局变动，去了香港，成为了香港大亨。蒋介石原先也是浙江宁波人，在上海炒股失败后从军从政，后来成为"中华民国"的总统。真正意义上的上海人是居住在上海郊区的本地人，如住在浦东、宝山、嘉定、青浦的农民，但这些人也是被现在所谓的"上海人"看不起的。这似乎是一个悖论，他们既看不起外来人，又看不起世代居住在这里的真正上海人。这些住在上海郊区的农民，似乎也不认为自己是上海人，尽管上海早已城市化，但不少住在上海郊区的老年人去往上海市区，到现在还说是"到上海去"。

从解放初期直到 90 年代开发浦东，上海肩负着作为整个国家之经济稳定器的重任。对国家经济方面的贡献最大，一方面更加催生了上海人的自身优越感，另一方面则导致上海市市政府在民生方面投入不足，百姓的居住条件极为恶劣，物质资源极为紧缺。在当时的上海，七十二户人家能居住在一栋楼里，四世同堂，厨房共用，厕所共用，男女混居，所以人与人之间、户与户之间自觉形成了一种界限——我不用你家的盐，你也别碰我家的醋；我不挡你家的路，你也别想占用我家一平方米的地。所有东西都是有借有还，互不相欠，我不给你添乱，你也别来找我麻烦，说白了，就是在物质资源极度稀缺的社会环境下人们逐渐养成的一种彼此之间和平共处的生活方式。

我在上海共生活了三十年。在来上海的前些年，回老家后经常会有亲朋好友追问我上海人是否排外、是否特别小气、是否斤斤计较，但后来这种追问越来越少，最终消声。

一般情况下本地同学都会邀请外地同学到家里玩，但上海市区的同学很少会邀请外地同学到家里玩。

读研时听一个上海女学生说她从来没有睡过床，我当时很好奇地问她那晚上睡哪儿，她回答说睡沙发，后来又听到好几个上海学生也这样说，才知这并非是个别现象，所以当时上海的复合家具很畅销。

在一九九五年，学生若要从中山北路的华师大骑车出发去看在张江开发区工作的朋友，光是单程就要整整花三个小时，那时张江的工业用地五万一亩都没人要，而现在张江工业用地早超过一千万一亩。

在九十年代中后期，上海的经济开始起飞，上海越来越像一个国际化都市，越来越开放，越来越包容。我已经在上海生活、工作了三十年，从来不讲上海话，却也未遇任何障碍！

而原来优越感很强的上海人，在改革开放的时代潮流冲击之下，他们大多都慢慢下岗或退休了。随着城市建设的不断发展，旧上海人原先居住的房子也都被拆迁到中环外环以外了，市中心的楼房大多由新来的外地人购买居住，这些新来的外地人成为了新上海人。

若当几个上海人在一起聊天，突然来了个外地人，大家便马上改口说普通话。

上海人买东西时会自发地排队，秩序井然，哪怕是在下雨天等出租车，也会按次序排队。

尽管如此，外地人对上海的批评之声还是不绝于耳。

我曾经很疑惑，为什么如此繁华发达的上海一直在被很多人嘲笑和唱衰？且为什么那么多人一边贬低着上海人，一边还要疯狂地涌入这座城市？

若你身临其境地在上海生活，你就会得到答案了。

在这三十年里，我亲眼见证了上海从一个自大排外的城市逐渐成为一个具有包容性的国际化城市的全过程！

夜宿黄公望村

二〇一五年，我有次去浙江富阳出差，在参观考察完一个当地企业家王总的企业后，他很热情地邀请我到他所居的村庄黄公望村作客。

对于黄公望，我之前略知一二。黄公望是一个元代画家，曾画了幅《富春山居图》，这幅画后来被分成两半，一半在大陆，一半在台湾。但对于黄公望村，我还是第一次听说。人名成为了地名，这很罕见，故而我对黄公望这个人也产生了兴趣。

黄公望村是黄公望最后的隐居之地，紧挨着富春江。其实说"隐居"，是有点高抬了黄公望。他也是个俗人，一直很想当官，但在元朝蒙古族的统治下，汉人地位卑微，他竭尽全力，最后也只做了个小吏。心知当官无望，四十五岁的黄

黄公望村

公望只得选择退隐。当时的四十五岁，已经是人生暮年，因为那时人的平均寿命不足五十岁。

但以现在的眼光来看，此时他开始了人生的第二春。若无当时的退隐，那么中国历史上只是多了一个平庸的官吏，而少了一个杰出的画家，同时也少了一幅流传千年的名画，而这幅名画现在已成为接续两岸情感的一根纽带。

今天，因为王总的盛情邀请，我又来到了黄公望村。富阳已经成为杭州的一个区，黄公望村也已经成为一个旅游胜地，环境优雅，道路整洁，绿意盎然。远远望去，在一片绿色中，有一大片的民宿，还有鳞次栉比各具特色的饭馆。王总安排我住在一家叫"快活林"的民宿，并与我在架在树上的木屋共进晚餐。我们通过旋转的扶梯走上去，进入木屋，颇有意境。民宿是一座两层楼房，从二楼望下去，只见一片竹林，林中充满了负氧离子的味道。

黄公望的绘画风格，并不是欧洲的油画，而是中国的水墨画。不在色彩上表现山水在不同季节的颜色变幻，只用黑白浓淡表现意境是中国人独有的创造。

想来晚年的黄公望，可没有福气享受这种环境。他的《富春山居图》，据说画了七年。我想，他大概是每天都去富春江畔，观察在不同季节、不同气候远山近水的种种变化，否则他如何能画就如此真实又缥缈的画卷？且他在观察之余，又在思考什么呢？是哀叹仕途的失落，还是赞叹美丽的河山？我想各种复杂的情感兼而有之吧。

黄公望村附近有一座小山，青春时代的我在此地有过难忘的一晚。那是一九八七年一月学校放寒假之前，我从杭州文一路的学校出发，换乘了几次公交，到达住在富阳已经退学的夏同学的居处，他在这儿边打工边复习。夏同学是很有想法的人，大学与我住在同一间宿舍。他经常在宿舍里说他要去行走江湖，我们当时都以为这话只是开玩笑而已，因为当时金庸的小说正流行于世，有的作品还被改编拍成了电视连续剧。

但不久后，他果真退学了。在那个年代，这绝对是让人惊掉下巴的事情。退学后，他在富阳山区半山腰的一个工厂上班，我写了封信（当时电话是奢侈品）寄给他，信中表达想去他那里玩玩，他很快回了信，说欢迎我过去。

往事如烟，当时的细节已经很模糊，只记得那个工厂在半山腰，宿舍区离工厂区有段距离。四周漆黑，只有他的宿舍灯火通明。他在白炽的灯光下侃侃而谈，而我是唯一的听众，当时他那神情颇有"仰天大笑出门去，吾辈岂是蓬蒿人"的气概。他捧起他正在复习的书本，告诉我他的目标是北京大学哲学系。那种俯瞰芸芸众生的气势，我至今还清楚地记得！我们一直侃到深夜十一点多才不得不停下来，因为他要接着上夜班。那天晚上我就住在他的宿舍，第二天一早就离开了。

后来我再见到夏同学，已是三年之后。后来再度高考，他没有考入心仪的北大哲学系，而是考上了同在杭州文一路的杭州电子工学院。我去看他时，他已经没有了已往的风采，显得平和许多。那时我在钱塘江边的乡村中学做老师，我告诉他，我准备去读研究生了。

很不幸的是，这竟是我们最后一次的见面。听说之后他继承了家里的小产业，在四十多岁时因心脑血管疾病猝死。我曾经托过几拨人去打听他的消息，但最后只听说他家已拆迁，户口也已注销。因不知他家人的名字也不知他家拆迁到何处，只能找到他家原来的住址，发现有一张电话单。现在距离那时已有五年了。

其实黄公望和夏同学是八竿子也打不着的两个人，只是他们所居之处比较近而已，但深入体会二人性情志趣，我感觉另有相近之处。黄公望和夏同学本身都是有理想有抱负的人，但都一生坎坷。黄公望仕途不顺，夏同学没有考上理想的学校，他们曾经都有万丈豪情，也曾奋发努力，但结果却并不如愿。最终黄公望寄情山水，夏同学接受现实。黄公望拥有绘画技艺，且其画作又在动荡乱世中得以保存下来，后来其画作一半被大陆收藏，一半被台湾收藏，很好地诠释了两岸同胞源自一家的深意，所以黄公望一直享有很高的声望。而夏同学，他也为社会贡献了自己的力量，但这力量淹没在亿万人之中，最终默默无闻了此一生，留给这个世界的只是一张多年前的电话单。

特色书吧的兴起

二〇一四年春，曾遇一个女孩，令我印象犹深。

那天那女孩去了滨州学院对面的大学创意文化城，那里是一条商业步行街，大部分的店铺是餐馆。参差不齐的各家招牌意在表明各家菜品的非凡，要么是大江之南的菜系，要么是大江之北的名吃。街面氤氲着油烟和食物的味道，人声嘈杂，人影晃动。

女孩面对众多餐馆的召唤，看样子仿佛一时不能决定到底吃什么，左顾右盼中，她望见街边摆着一张小桌，桌上摆着一壶茶、一只杯，一位知性女士恬然地坐在小桌旁，在悠悠然地喝茶。随后，女孩看到了女士身后的普禾书吧。简约大气的门面装修，清丽而婉约。这样的一位女士，这样的一间书吧，在这条饭馆林立的街上暮然出现，令人感到如梦似幻，极不真实。

惊艳、惊喜，这位女士与这间书吧给了女孩一种久违的感觉。女孩走了过去，对那女士说："阿姨，我想做一个像您这样的女人。"

就这样，小贤老师邂逅了王弘女士，也初识了普禾书吧。

王弘女士是普禾书吧的创始人，她说她这辈子做的事中最任性又最自豪的一件事就是开了这家书吧。

二○一四年初，当她把想开书吧的想法告知亲朋好友的时候，得到的反馈全是相似的否定。没有人看好这个行业，亲朋好友都劝她宁可闲着也别去做这种稳赔不赚的生意。

但王弘女士一意孤行地坚持自己的想法，带着两个小跟班（一个是她侄子，一个是她朋友家的孩子小顾），租下一家店面，开起了书吧。当时有人断言，这家看上去文艺气息十足的书吧，也只是中看不中用，用不了半年就会关门大吉。

然而，半年的时间很快就过去了，普禾书吧的灯火仍然亮着，一年的时间又很快过去了，普禾书吧的灯火依旧未熄，还从深巷里走出来，搬到了大学饭店的一楼屋舍，规模比之前更大了。

普禾书吧经过六年的探索发展，目前已经拥有位于滨州市、青岛市、枣庄市的三家普禾书吧直营店，并成立位于成都的"蜗牛的窝"普禾书吧主题店及位于济宁、东营、无棣等城市的普禾书吧加盟店。

普禾书吧内景

　　虽然读书无用论曾经一度甚嚣尘上，但是一直有许许多多的人坚持读书，注重自我提升。他们分散在各个城市的角角落落。普禾书吧清新自然的外观气质和浓厚幽深的文化氛围，完全符合他们对读书之理想场所的美好想象，他们见到普禾书吧自然会感觉到惊喜和亲切，自然会对它一见钟情。

　　杰子和闺密逛街时蓦然邂逅普禾书吧，她既喜欢书吧门面的装修风格，又喜欢店内优雅舒适的环境氛围，她觉得这是她一直寻找的地方。

　　莉莉和朋友去大学饭店吃自助餐时很意外地看见了普禾书吧，便不由自主地走进了普禾书吧。

阿宽和普禾书吧的结缘充满了戏剧性。他大学毕业后有段时间没有找到奋斗方向，但又不想混日子，便在微信群里卖水果。有一天一个客户下了单，而这个客户又恰好是普禾书吧的会员，那一天这位客户正在普禾书吧读书，让他送货到普禾书吧。阿宽走进普禾书吧时，觉得有点儿不可思议，他没有想到滨州还有这样一个地方，还有这么一群痴迷于阅读的人。门外是红尘万丈的闹市，喧嚣浮躁，门内却是幽静舒适的精神家园，时间在这里优雅而充实地流逝。一年之后，阿宽确定了奋斗目标，开始与朋友合伙创业。他深感自己的知识储备不足，急需学习提升，但是在家里学习总是心浮气躁，很难静下心来，故而学习效果差强人意。这时他想起了普禾书吧。他说普禾书吧是一个充满魔力的地方，只要走进去坐下来，一打开书，那白纸黑字很容易就能走进心里，浑然忘我。

许许多多如杰子、莉莉、阿宽的人是因普禾书吧的颜值而来，却因普禾书吧的内涵而流连忘返。他们自从走进普禾书吧，就成为了普禾书吧的会员，随之成为了普禾书友会的成员。他们与普禾书吧进行着良性互动，在这种互动中产生化学反应，由此他们的人生轨迹也发生着正向改变。

大部分来普禾书吧的人都是奔着阅读这件事，但是凡事都有例外。

昊子邂逅普禾书吧的时候，正处于他人生中最糟糕透顶的一段日子。那时他已大学毕业半年多了，一直没有找到工作，迷茫无助，看不到目标和希望，整天在家无所事事，遭到了父母的嫌弃，父母天天的数落唠叨让他不胜其烦，想出门转转又感到实在无聊，没有可去的地方。有一天，他在父母的唠叨声中落荒而逃，在大街上漫无目的地乱逛，误打误撞地走进了普禾书吧。进去后他顿时感觉普禾书吧是一个打发时间的好地方，环境安静舒适，听着若有若无的音乐，喝着可口的饮品，要多惬意就有多惬意。此后，昊子把普禾书吧当成了逃避父母嫌弃唠叨之声的避难所，每天一早他都静候在普禾书吧门外，等待普禾书吧开门营业，每天他都背着一个大背包，里面装满零食，在书吧一待就是一整天。

刚开始，他只是坐在书吧里吃吃零食、喝喝饮品、发发呆，消磨着无所事事的时光。慢慢地，他受到身边认真阅读学习之人的影响，也开始从书架上随意抽出一本来读。后来，有书友建议昊子去考事业编的公务员，这是昊子从来不敢想的事情，他认为自己能力不够，考了也是白考，不过，书友的建议成功地在他心里埋下了一粒种子。他天天在这个学习氛围浓厚的环境里待着，终于在不久之后，上进之心破土发芽了，他决定考考试试。

那是他第一次参加考试，他的成绩相当糟糕。书友们说成绩不好不要紧，关键是他勇于尝试了，这就是一个好的开端。书友们分享给他一些复习和考试的小窍门小经验，并帮他留意有关事业编公务员的考试信息。参加过第一次的考试之后，只要周边有这方面的考试，昊子都会报考，而且每参加一次考试，他的成绩都有显著的进步。一年之后，他终于通过了笔试和面试，跨入了公务员的行列。

有句话说得好——"知识改变命运"，这句话只有落在肯花费时间和精力学习的人身上才不会是一句空话。在普禾书吧里，日日月月年年上演着"知识改变命运"的故事。在采访中，多位书友都说自己曾经消极颓废，但在邂逅了普禾书吧与普禾书友会之后，许多的改变悄无声息地发生，蓦然回首时才赫然发现，自己已经成为了更好的自己，而且他们坚信，以后还会更好。

由于业务的关系，我几年前有次到黄河边的三线城市滨州出差，当午夜时分的暮色映照在宾馆上方时，只余剩宾馆大堂还有朦胧的灯光。此时整个城市已经进入梦乡，但宾馆附近的普禾书吧却仍然灯火通明，那灯火仿佛点亮了这座小城的文明，这书吧仿佛已是这城市的一张名片。之后我逐渐深入了解普禾书吧，并和普禾书吧的创始人王弘女士成为了好朋友。

普禾书吧只是目前兴起的特色书吧中的一个代表，类似普禾这样的书吧在每个城市几乎都有。这种书吧最早可追溯到台湾的诚品书店，台湾第一家诚品书店位于台北闹市区，这家诚品书店改变了过往书店千篇一律的干巴巴的经营模式，它是靠卖其他商品或房租转租得来的盈利来补贴书店的亏损。后来诚品书店在国内的苏州也有，但很可惜已在几年前倒闭了，诚品书店的创始人也去世了。

现在国内的知名特色书店有很多，如上海的钟书阁、重庆的西西弗书店、广州的方所书店、苏州的"猫的天空之城"，就连几十年来一直板着脸孔的新华书店，近年都开了颇有特色的博库书城，这是一种可喜的现象。

但愿像普禾书吧这样做到深入百姓、服务百姓的特色书店能越开越多，愿这些书店都能为提升普通市民的文化素养做出自己的贡献！

茶如人生

　　和欧美人喜欢咖啡一样，茶是中国人最喜欢的饮品，饮茶甚至已是中国人的一种生活方式。中国是茶的故乡，在中国，可领略山河之壮、感受品茶之美。柴米油盐酱醋茶，自古以来茶就与中国人的生活息息相关，是中国人千百年来不可或缺的生活养分。大自然的山川灵气赋予了中国茶叶自然的属性。从中国西部的青藏高原、盆地峡谷再到东部的丘陵平原，都遍布广泛栽植的茶树。中国各地多姿多彩的风土人情、千差万别的地理风貌、复杂多变的气候条件、丰富多样的植被物种，造就了中国茶叶各式各样的品种和味道。

　　咖啡在欧美国家演绎出了咖啡文化，奥地利作家茨威格曾写道"我不是在咖啡馆里，就在去咖啡馆的路上"，而中国茶叶的相关文化就更深厚了。据报道，二〇一二年曾任海峡两岸茶业交流协会会长的张家坤先生在纽约华尔街希尔顿饭店举行的记者招待会上发表过关于中国茶文化的主题演讲。

随着社会的发展，茶在人们生活中留下的烙印不但没有丝毫的消退，反而比过往更加深刻。今天，茶饮成为世界饮品之冠，深受世界各地人民的喜爱，因它与各国的地理环境、人文风俗、饮食文化相结合，逐渐形成了异彩纷呈的世界茶文化。正所谓"四海一盏茶，五洲同此味"。茶叶承天地之雨露，采天地之灵气，自古以来茶就被认为既是一种可以保健养身、预防疾病的灵药，又是一种可以清甘解渴的饮品。联合国更是将茶定为六大健康饮品之首。

茶，还是一种精神文化，中国是茶文化的原乡。自古诗人多茶客，茶一直深受中国历代文人墨客的追捧和喜爱，品茶一直被文人墨客当成一种高雅的艺术享受，以茶会友、赋诗、咏志，被赋予了超凡脱俗、清新高雅的独特韵味。有人说："茶的生命，就是中国文人的生命。"中国古诗词中主题与茶有关的作品就在两千首以上。从远古的"神农尝百草，得茶而解之"的历史传说到现在的六大茶类，茶在漫长的岁月冲刷之下，除了内蕴养生学，还融合了礼学、文学、哲学等多方面文化，形成了博大精深、底蕴深厚的茶文化，为人类文明的进步谱写了光辉的篇章。

我常喝龙井茶，这一习惯从我大学时代养成并一直保持了三十余年，但我爱好饮茶并不是为了养生，更不是为了深厚涵养，而是纯粹出于个人的口味喜好。我的工作需要经常出差，出差前我也常带茶叶！

中国古典茶具

不产红茶的英国，却有世界闻名的立顿红茶。立顿红茶是产品商业模式和品牌运营的成功典范。我们需要学习立顿红茶在品牌运营、成本控制、市场拓展等方面的优点。

有句话是"柴米油盐酱醋茶"，在马克杯里放一袋茶包，再加点热水，这似乎就是"柴米油盐酱醋茶"中的"茶"，但是在爱茶之人看来，喝茶远没有这么简单。在爱茶之人心中，一碗茶汤，应该像书画艺术一样，能给人带来巨大的精神满足。卢仝诗作《七碗茶》中说喝两碗茶就能去除烦闷，到了第七碗，不用喝也会觉得"两腋习习清风生"。在中国人心中，茶简直是能让人"飞仙"的灵丹妙药。

饮茶能给人带来极大的精神满足也是有科学依据的。茶叶中内含的咖啡因，是一种能刺激身心的活性物质，不过，有类似功效的原料有很多，而成为独立饮品的只有咖啡和茶。这是为什么呢？

笔者认为，茶之所以能成为一种饮品品类，其最关键的原因不是茶叶中的内含物质有何功效，而是因为茶内蕴深厚的精神文化。文化赋予茶这种普通的植物原料以精神的属性，让它迅速流行，甚至风靡世界。从某种意义上来说，人们不断改造茶的品类，发展出了繁复的制茶工艺和饮茶方法，正是为了让茶能够更好地满足这种文化需要。人生如茶，第一道茶往往是苦的，但冲泡多次后，会越喝越有味道，越来越感觉到甜，这在普洱茶尤为明显，多次冲泡后，茶竟然像酒一样，要喝醉。再说刚冲泡的茶，是浮在表面的，然后慢慢下沉，下沉到底部开始翻腾，像极了我们的人生，需要折腾甚至煎熬，才能绽放芬芳。

茶如人生，只有细品才能感受到它的精神内涵。茶润化着中国人的生活，也滋养着中国人的心灵。在今天五彩斑斓的全球茶文化中，永远熠熠生辉的就是中国茶，因为中国茶源于茶的故土，永远散发着中国的味道。

第三辑

游历名地

西施的故乡

绍兴是典型的江南水乡，现在城内还是河流密布。绍兴的柯桥区紧邻萧山，虽然离我老家只有几十公里，但我第一次去绍兴还是在大学一年级时的春游。

当时的绍兴城很小，我只对百草园和三味书屋印象极深，尤其是鲁迅课桌上的"早"字。从百草园到三味书屋没几步路，但对于年幼的鲁迅来说，却是两个完全不同的世界。宋代词人陆游和唐婉爱情悲剧的发生地沈园也与百草园、三味书屋相邻，但那是另外的故事。

当然，绍兴还有很多名人，大家首先会想到美女西施。西施被列为中国古代四大美女之首，不仅是因为她长得漂亮，更是因在"女子无才便是德"的封建时代她对国家所做出的贡献。

对于西施的故乡目前学界存有争议，一说是诸暨，一说

绍兴景观

是萧山，其实放大一点来看又没有争议，因为无论诸暨还是
萧山，都属于古代的越国，绍兴是当时越国的中心，一直到
二十世纪五十年代，萧山才被划归杭州管辖。但无论是方
言、饮食习惯还是风土人情，萧山始终与绍兴一脉相承，而
与杭州差别甚远。

　　西施并不是青史留名最早的绍兴人，相传远在四千年前
的夏朝，部落首领大禹就已经在绍兴大展身手了。大家耳熟
能详的是大禹为治水三过家门而不入的故事。大禹去世后被
葬在会稽山，他的后代世世代代依山而居，历时四千年的守
陵村是全世界绝无仅有的。一个古老的氏族，一个古老的村
落，历四千余年不易其姓而绵绵不绝，聚居一地且世系历历

可数，被人尊称为"天下第一村"——禹陵村。十几年前，我的朋友莫总为开发禹陵村，请大禹后代全部搬迁到附近的居民新村里，禹陵村从此成为一个旅游景点，想来有点可惜。

其实绍兴的文化标签还是不少的，如绍兴黄酒、乌篷船等。两家黄酒上市公司——"古越龙山"和"会稽山"都在绍兴，其中"古越龙山"是中国黄酒行业第一家上市公司。黄酒在绍兴象征一种文化，普通的绍兴人家都会在儿子和女儿出生时酿好黄酒，埋在地下，等到儿子考取功名和女儿即将出嫁时取出来喝，这两种黄酒分别叫"状元红"和"女儿红"。乌篷船也是绍兴的一种文化，在杭州西湖划船的艄公大多是绍兴人。此外，在书法大家王羲之、王献之的居住地"书圣故里"，传说中王献之为洗毛笔把整池水都洗黑的池塘还在。著名教育家、前北大校长蔡元培的故居也在"书圣故里"附近。还有著名的社戏文化，很多船只停靠于河岸看戏台上的演员唱戏，鲁迅曾在他的短篇小说《社戏》中对此做过描述。

绍兴虽然没有单独的菜系，但绍兴的梅干菜、臭豆腐都是江南菜之名品。

绍兴是越国的都城，也是越剧的故乡。越剧在中国是仅次于京剧的第二大剧种。试想，在没有电影、电视的时代，越剧对老百姓的业余生活起了多大的娱乐作用啊！

绍兴的建筑很有特色。白墙黛瓦带"女儿墙"的房子，是江南建筑的典型代表。著名画家吴冠中的画作中有过细致入微的勾勒描绘。

　　越王勾践卧薪尝胆的故事激励了一代又一代有抱负的人，现在的绍兴相当富庶，人均可支配收入在全国地级市中名列前茅。改革开放以后，绍兴成为围棋之乡、领带之乡、建筑之乡。绍兴已经通过铁路交通和杭州连为一体，彩虹高架桥也可以一直通往杭州市区。随着长三角一体化进程的深入，拥有区位优势、民间财富及民间智慧的绍兴将踏上发展新征程。

神奇之地西藏

著名歌手郑钧曾在 20 世纪 90 年代创作并歌唱过一首风靡中国大江南北的歌——《回到拉萨》，以下是这首歌的歌词：

回到拉萨

回到了布达拉

回到拉萨

回到了布达拉宫

在雅鲁藏布江把我的心洗清

在雪山之巅把我的魂唤醒

爬过了唐古拉山遇见了雪莲花

牵着我的手儿我们回到了她的家

你根本不用担心太多的问题

她会教你如何找到你自己

雪山青草

美丽的喇嘛庙

没完没了的姑娘她没完没了的笑

雪山青草

美丽的喇嘛庙

没完没了地唱我们没完没了地跳

拉呀咿呀咿呀咿呀咿呀咿呀萨

感觉是我的家

拉呀咿呀咿呀咿呀咿呀咿呀萨

我美丽的雪莲花

纯净的天空中有着一颗纯净的心

不必为明天愁也不必为今天忧

来吧来吧我们一起回拉萨

回到我们阔别已经很久的家

拉呀咿呀咿呀咿呀咿呀咿呀拉呀咿呀咿呀咿呀咿呀

……

融汇着浓郁藏族民歌气息的《回到拉萨》以其独特的音乐风格感染了现代都市中的人，为我们找到了一个精神上的家园。那内蕴着恢宏文化的布达拉宫、长年"咆哮"而又纯净的雅鲁藏布江、巍峨奇丽的雪山、晶莹剔透的雪莲花等西藏风物怎能不令人心动？博大与雄浑、纯洁与美丽一起在眼前汇合。于是，久在尘世的心灵被洗清、疲倦昏睡的灵魂被唤醒，天涯漂泊之人仿佛回到了家园。这里没有世俗纷争，没有沉重包袱，只有雄奇纯美的自然。在这里可以摆脱外物的纠缠，找到真正的自己。

但有意思的是，郑钧曾在接受金星访谈时说在创作这首歌前，他并未去过拉萨，也没去过西藏。据说《回到拉萨》的创作灵感源于一个他极为要好的朋友，他朋友曾说"真应该为这些无忧无虑的日子写首歌"，当时郑钧就想到了西藏，于是便写了这首歌。后来郑钧为拍音乐录影带亲赴西藏后，才发现西藏的确非常令人迷恋。

描绘西藏的文学与影视作品也不少，主题大多与追求信仰有关。现在很多人追求"诗与远方"，而西藏就是他们心中的远方。我有一个女性朋友，现已四十来岁，至今未婚，平时只喜欢旅游，原先在世界五百强的外企工作，但因外企要求严格请假不方便，便换到民营企业工作，后来还是感觉不自由，就直接辞职做些临时工作。她独自一人走过了几大洲、好几十个国家，西藏已去过四次。有次我问她对哪里印象最好，她的回答是西藏，还说想要再次去趟西藏。

我很幸运，因为工作关系多次去过西藏。西藏的湖泊众多，至少有一千多个大小不一、景致各异的湖泊错落镶嵌于群山莽原之间。湖泊在西藏被叫作"措"，西藏最为著名的湖泊有纳木措、羊卓雍措、玛旁雍措、巴松措、森里措等，其中纳木措、玛旁雍措、羊卓雍措被并称为西藏的三大"圣

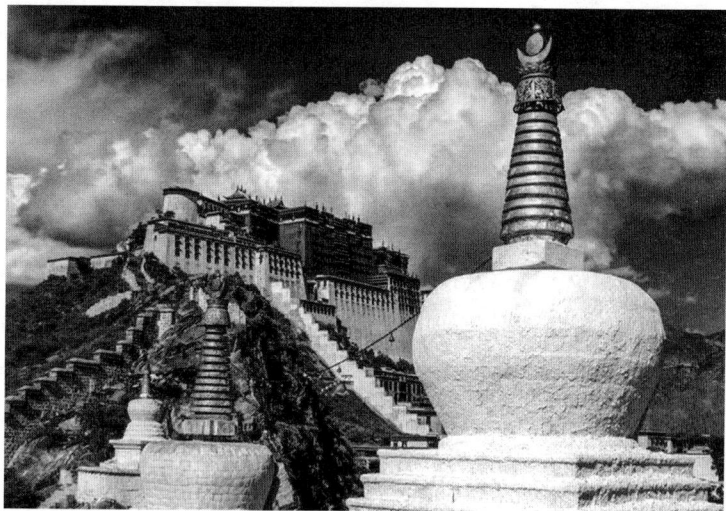

西藏布达拉宫

湖"。在西藏，许多湖泊也被赋予了宗教意义。

　　西藏给人的感觉就是圣地。西藏的云彩与山水都给人一种不真实的感觉，天太蓝了、山太青了、水太碧了，一切纯净得没有一丝杂质！在西藏坐车上往往能看到穿着传统藏服的虔诚藏民三步一叩首，缓缓走向他们心中的圣地——布达拉宫或大昭寺。从前我以为这只是传说，直到亲眼目睹方知果真如此，在大昭寺的门边常有藏民匍匐于地一整天。

　　我去过位于拉萨市中心的一个青年旅社，那真是和电影、小说里的描述无异，旅社的墙上贴满了各种各样的标签图案，充满文艺色彩和浪漫情怀。

正如布达拉宫是很多藏民心中的圣地一样，西藏是世界上很多人尤其是文艺青年心中的一个圣地，仿佛一生没有去过一次西藏便是人生的一大缺憾。

很多人都知道大唐盛世时文成公主远赴西藏和亲的故事。西藏专门有大型实景露天演出——《文成公主》，演出将文成公主出唐宫到拉萨的行程用艺术的形式再现出来。以壮丽的场面、恢宏的气势、跌宕的情节震撼人心，以美妙的音乐、动人的故事、婉曲的情感扣人心弦。演出深入细致地表现了汉藏的历史文化、民族风俗，在自然景观中发掘资源，以人工舞台结合自然山川，以高科技呈现非物质文化遗产，将戏剧、音乐、舞蹈融为一炉，构成一曲华美乐章。《文成公主》几乎成了第一次去西藏的游客的必看节目。不过，如果在冬天去拉萨就看不到这演出了。作为汉藏和亲这段历史的主角，文成公主的相关故事广为流传，但历史上的文成公主本人却并不是很幸福。和亲后不到十年她的丈夫松赞干布就去世了，此后文成公主便孤独地度过了一生中的后三十一年。

有些人想去西藏又心存忧虑，主要是担心会有高原反应。其实拉萨的海拔并不高，大约只有三千八百米，能去云南青海的人一般去西藏就没问题。但西藏有些地方的海拔就很高了，如米拉山口，其海拔就有五千一百米，还有著名的珠穆朗玛峰营地，其海拔有五千两百米。这些地方并不是所有人都能适应的，要根据自己的身体状况量力而行。

西藏是中国边疆地段较为安定的自治区，我想这和藏民心中的信仰密不可分。藏民的信仰无比虔诚，不像很多人的所谓"信仰"，按照林语堂先生的说法就是"得意时信儒，失意时信道，绝望时信佛，信仰随时可变，本质就是没有信仰"。

苏东坡就是其中的一个典型代表。苏东坡是个全才，精通诗词文章书法绘画，不过他什么都信。得意时就以儒家为本，讲究"修身齐家治国平天下"；落魄时就以道家为宗，幻想修仙飞升；绝望时便投靠佛家，以无边佛法消解愁苦。总之，无论他的人生处于什么状态，他都有相应的方式应对自如。

至今苏东坡仍有很多粉丝，除却才华，他的处世方式也受到很多人的追捧，其实我也在学"苏东坡式"的处世方式。抓起泥巴抛向他人自己的手会先被弄脏，而赠人玫瑰自己能先闻到花香。在生活中，很多时候都需要我们换个角度看事物，明白给别人制造麻烦的同时也会给自己设置障碍，而帮助他人的过程正是成就自己的过程。

我们当得知某个亲近熟悉的亲友或敬仰至深的名人早逝时往往会感慨"明天"和"意外"哪个先到，对此藏民是这样认为的：即便不知道"明天"和"来世"哪个先到，也同样充满了希望和信仰！

西藏，就是这样一片充满信仰的神奇之地！

中国台湾印象

二〇一四年夏天，我和家人一起飞往中国台湾。开始了为期一周的旅行！

一周时间不短也不长，从南到北我们几乎去了中国台湾所有有名的景点。我来讲讲台湾留给我印象最深刻的几个地方。

中国台湾并不大，到处可以看到浓郁的中国风格建筑，无论是台北故宫博物院还是圆山大饭店，无论是国父纪念馆还是中正纪念堂，都充满了中国传统建筑风格。

中国台北故宫博物院是仿造中国传统宫殿式建筑，收藏了将近七十万件珍贵文物，包括著名的翠玉白菜、《富春山居图》等，虽规模无法和北京故宫博物院相提并论，但保存文物方面可圈可点。

圆山大饭店是中国宫殿式格局，富丽堂皇、精雕细琢的外观，雕梁画栋、丹珠圆柱的大厅，使其成为台北的地标。

国父纪念馆是纪念中华民国国父孙中山，是中华传统风格浓郁的建筑。国父纪念馆建筑整体以黄色屋顶起翘角像大鹏展翼，风格仿中国宫殿式建筑，外观非常雄伟，很有气势。

国父纪念馆附近有学校、医院和住宅等民用建筑，显得很亲民。

中国台湾的高楼大厦不多，不像内地城市高楼林立。台北市中心的 101 大楼从二〇〇四年竣工到二〇〇九年，保持了六年世界第一高楼的称号，但 101 大楼附近并没有一片高楼，它孤零零地矗立在那里。

中国台湾还有很多绿皮火车，当我们坐上很多年没有坐过、在内地已经很少见的绿皮火车时，有一种时光倒流的感觉！

我专程慕名去了位于中国台北市中心最大的诚品书店（信义路店），离 101 大楼很近，开在一座繁华的商场里面，足足有几层楼。我好奇这书店是靠什么生存的？转了一大圈后，才算弄明白，诚品书店并不仅仅卖书，也卖其他文化用品和商品，同时它租了很大面积，书店只用一部分，其他出租给其他商户赚差价补贴书店。因为诚品书店已经有品牌知名度，有利于吸引爱好读书的顾客，这些顾客中的一部分也会转化为购买其他商品的客户，所以商场也愿意以低价把商铺租给诚品，这是一种以商养书的商业模式。诚品书店是我接触过的第一家特色书店，后来内地也引进了诚品书店，同时钟书阁、西西弗、言几又、普禾之类的特色书店也应运而生，花开满地。很可惜诚品书店的创始人吴清友不幸英年早逝，诚品书店的业务也因此受到很大影响。

中国台湾有很多夜市，最有名的是中国台北士林夜市，我还是第一次看到这么大规模的夜市，有点像我老家义乌最早的小商品市场，有些简陋，有些喧闹，每到夜晚，逛夜市的人潮总将狭窄的通道挤得水泄不通。市场内囊括大江南北综合小吃，从牛排、铁板烧到蚵仔煎、广东粥、生炒花枝，琳琅满目；以阳明戏院为中心所围成的夜市，主要由几条小巷道构成，穿梭其间，摩肩接踵。中国台湾几乎每个地方都有夜市，规模有大有小，估计风格都差不多。

中国台湾省花莲是个海边城市，也是全球最大的慈善组织之一——慈济基金会的诞生地，创始人证严法师从十六岁起就立志从事慈善事业，创立慈济，终身未婚，把一生都奉献给了慈善事业。我在上海也多次携孩子参加慈济的尊老活动，到养老院看望老人，送些食物，这些老人经济上并不贫穷，但就是太孤独，看到有这么多人去看望他们，他们得到了很大的满足。离开时，老人们经常会问："你们下个月还来吗？"我们还曾去看望类似自闭症的残疾儿童，慈济真的做到了中国古人教诲："老吾老，以及人之老；幼吾幼，以及人之幼。"

中国台湾省高雄是中国台湾第二大城市，也是一个军港城市，外港停泊着很多大轮船，也有很多网红景点。这个

台湾阿里山的日出

曾经长期位居世界十大港口之一的高雄港，是中国台湾省除中国台湾省台北以外最重要的经济城市，是中国台湾的"直辖市"。

中国台湾是个岛屿，有代表性的自然景观除了海边景色外，就是大家耳熟能详的阿里山和日月潭。日月潭类似杭州西湖，风景秀丽，面积和西湖差不多，但湖边还有不少居民商户，显得没有西湖景区那样整洁。阿里山景区的最大亮点是坐森林火车看日出。森林窄轨火车是世界铁路建筑史上的"奇迹"，铁路全长仅 71.4 公里，却由海拔 30 米上升到 2450 米，许多地段每公里爬高 60 米，坡度之大举世罕见。而且路多为万丈峡谷截断，必须架桥横跨。在阿里山东南方有一座海拔2460米高的祝山观日峰，是观赏日出的最佳场所。游客住在宾馆，凌晨三点就要起床，集中到车站坐森林火车到祝山，下火车后步行约二十分钟登临山顶，可以看到远远的玉山轮廓在微弱的晨曦中逐渐显现出来的奇景，只见天空从墨黑，转而淡青，再灰白，再殷红，一轮太阳慢慢浮上来，直到完全悬挂在空中。

中国台湾的人文景观和自然景观还有很多：中国台湾大学、二二八纪念公园、彩虹眷村都很有特色。忘了说了，中国台湾的绿化非常好，还有中国台湾的水果品种丰富，价格合适。

中国台湾风景悠美，人文醇厚，建议大家有时间去台湾看一看，走一走！

纽约，纽约

　　纽约曾经名为"新阿姆斯特丹"，是荷兰人最开始定居的地方。别看荷兰的国土面积不大，但是荷兰自古便是贸易强国。在 17 世纪上半叶，荷兰有"海上马车夫"之称。一六一三年，荷兰人开始建立定居点，实为如今纽约市的雏形；一六二五年，荷兰人在曼哈顿岛上开始兴建"阿姆斯特丹堡"，后称作"新阿姆斯特丹"；一六六四年荷兰投降后，将"新阿姆斯特丹"拱手让给英国人。英国人随即将此地更名为"纽约"。这就是纽约的由来。

　　当荷兰人漂洋过海来到北美洲这片新大陆时，他们把可贵的商业精神也带到了纽约，包括最重要的投机文化。至今依然无处不在弥漫于曼哈顿的商业精神，就是荷兰人当时留下的遗产。

纽约时代广场 - 世界的十字路口

纽约几乎集中了世界上所有的人种、民族和文化，可以说纽约既是美国的，也是世界的。这里可以说是世界的经济首都，也是一座真正国际化的时尚之都。在这里，你几乎可以感受到这个世界最时尚、最顶尖的一切。

记得曾经风靡一时的电视剧《北京人在纽约》中有句这样的名言——"如果你爱一个人，让他去纽约；如果你恨一个人，让他去纽约"。正如"一千个人眼中有一千个哈姆雷特"，纽约是个让人又爱又恨的城市。对很多人来说，纽约已不仅是纽约，而是真正城市的象征，因为纽约最能满足人们对城市的所有想象！

人们对纽约的印象，大抵只是全球金融中心、美国经济首都之类的，这些名称无疑都是正确的，但过于宏观、粗犷。在来纽约之前，我就认为我这一生都会与纽约有着切割不断的联系，后来因为工作的关系，我曾多次去往纽约，步行走过曼哈顿的大多数街道，坐过纽约的每一班地铁，也在纽约城区开过车，甚至还多次坐过纽约的公交车（在国内已经有很多年没坐过公交车了），所以我对纽约的印象比多数人更清晰、具象。

纽约整个的城市布局成形于百年之前的马车时代，那时汽车还没有出现，现在在纽约看到的主要马路原先是设计用来跑马车的，但现在在上面开车也并不显得特别拥挤，这很能体现一个城市的管理水平。纽约的地铁很简陋，但很高效，记得我乘坐纽约地铁还闹过一个笑话。纽约的地铁票分有单程、一天、一周、一月等，票价各不相同。有一次我想买张单程票，但和地铁售票员沟通了半天，我还是不理解，她不耐烦了冲我怒吼，搞得我莫名其妙，这时有位中年白人绅士走过来了解情况后很有耐心地带我走上路面，穿过马路，去往另一个地铁站。我这才知原来我要去的地方在另一个方向，而开往不同方向的列车并不是在同一个站台换乘，而是要到另一边的地铁站买票。当时我很感慨学了二十多年英语，竟然连买张地铁票都闹出了笑话。

纽约是一个传奇，更准确地说，是曼哈顿。曼哈顿是纽约的市中心，汇聚了纽约主要的金融、保险和商贸公司。曼哈顿是纽约的五个行政区之中人口最稠密的一个行政区，也是占地面积最小的一个行政区。曼哈顿主要由曼哈顿岛与罗斯福岛组成，并被东河、哈得孙河以及哈莱姆河包围环绕。曼哈顿一直以来被誉为世界的经济中心，它也是纽约最富有的一个行政区。

在曼哈顿下城有一条仅长 1.54 公里的华尔街，却集中了几十家大银行、保险公司、交易所，以及上百家大公司总部，像纽约证券交易所、著名投行高盛、摩根大通、摩根斯坦利总部都汇聚于此。在这里有几十万就业人口，是世界的金融中心。所以，曼哈顿也是富人们钟情的居住区域。

当然，纽约是一个快节奏的城市，那里的生活节奏超过了国内的上海、北京等大都市。纽约曾经作为美国的临时首都，为了美国独立战争的胜利，华尔街功不可没。美国的南北战争爆发于一八六一年。在历时四年的美国南北战争中，华尔街帮助美国北方进行了大规模的战争融资，由此华尔街在战争引发的巨大经济需求的催生下，逐渐繁荣。在交易狂潮中，华尔街的经纪人已经忙得没时间再像以往一样每天回家吃午饭了，于是快餐店便出现了，这就是快餐的起源。

联合国总部大楼就位于纽约，在曼哈顿区的东侧，其西侧边界为第一大道，南侧为东四十二街，北侧为东四十八街，东侧可以俯瞰东河。

帝国大厦是昔日纽约的标志性荣耀。帝国大厦建成于一九三一年，高达三百八十一米。帝国大厦的建成大大鼓舞了美国人民战胜困难的勇气。目前帝国大厦还是美国的地标性建筑之一。

纽约时代广场是几十条繁华大街的交汇之地，被称为"世界的十字路口"。闻名世界的纳斯达克证券交易所就建在这里。不少人感叹，看着街头人来人往和耀眼的霓虹灯广告牌，才有了一种来到纽约的真实感。

纽约是带领人类进入摩天大厦时代的关键城市。但是，今时纽约的高楼大厦总数恐怕已经落后于北京和上海。我曾经在朋友圈发过一张有"世界十字路口"之称的纽约时代广场的照片，我一个浙江杭州市萧山区的同学看到后，留言"怎么还不如萧山繁华"。曼哈顿毕竟不足六十平方公里的占地面积，而如今的北京、上海早已超过一千平方公里。从建筑的密度上来看，纽约市内的高楼密度比北京、上海大多了，而且纽约的很多高楼都建立于百年之前，而我小时候所住的萧山，其最高的建筑也只有六层！

给我你那疲惫、困顿

渴求自由呼吸的芸芸众生

你那挤满海岸的可怜平民

把他们，把那些无家可归、颠沛流离者送过来

在这金色大门前我举明灯相迎

　　这是闻名于世的自由女神像底座上的铭文，这雕像与铭文一直吸引着世界各地的人奔向纽约。

　　中央公园，号称纽约的"后花园"，是纽约最大的都市公园。在纽约曼哈顿这个如此寸土寸金的地方，竟然有一个这么大的公园。园内约五千一百亩的广大面积使它与自由女神像、帝国大厦同为纽约乃至美国的标志性象征。中央公园

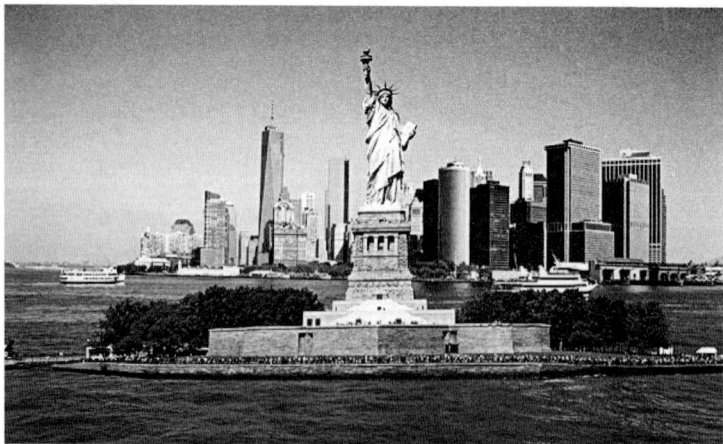

自由女神像

坐落在摩天大楼林立的曼哈顿的正中央，于一八七三年建成，是纽约市民最常去的休闲地，也是来自世界各地的旅游者喜爱的旅游胜地。中央公园园内有浅绿色的草地、树木郁郁的小森林、庭院、溜冰场、旋转木马、露天剧场、两座小动物园、可供泛舟的湖、网球场、运动场、美术馆等，这种公园设计理念之后被很多地方借鉴参考。上海世纪公园的园内设计就是借鉴了纽约中央公园，现在位于上海浦东中心地段的大型城市公园，最初的园名也叫"中央公园"，其实筹备建园之始，这里还只是一片农田。

在曼哈顿还有好几处公共墓地。在华尔街地铁口附近就有一处占地面积不小的墓地。美国的墓地并不使人害怕，反而是一个可供休息的场所。

在文化方面，纽约也毫不落后。纽约有好几所闻名世界的大学，最著名的是哥伦比亚大学和纽约大学。纽约还有大都会博物馆等众多展馆画廊。"第五大道"是纽约的奢侈品中心。时代广场附近有很多服装设计公司，引领了当时的世界时装潮流！

纽约历史很短，只有不到四百年，但它已经成为了美国经济首都，华尔街更是成为了国际金融的象征，在服装、化妆品会展等行业也具有世界影响力。如今每年都有高达五千万的游客到访纽约。曼哈顿的众多世界知名景点，也成为游客们经常打卡的地方。

海风掠过夏威夷

　　说起夏威夷，人们下意识会浮现一个绝美的旅游圣地：蔚蓝的大海、金色的沙滩和美丽的跳草裙舞的姑娘。以我个人在夏威夷的体验，还真是如此，当然远不止如此！

　　我去过国内几乎所有著名的海滨旅游城市，如大连、青岛、深圳、厦门、海口、三亚等，也去过不少国外的类似城市，如曼谷、西港、温哥华、圣地亚哥等，仅就自然风光来判定哪个最美，结果可能见仁见智。我个人认为夏威夷风景最美，而且夏威夷景点也是最亲民、最便利的。

　　夏威夷由太平洋中间的一系列岛屿组成，位居太平洋的"十字路口"，是亚州、北美洲和大洋洲之间的海空运输枢纽，首府是火奴鲁鲁（檀香山）是太平洋航线的中继线和重要港口，中国民主革命的先驱孙中山先生曾在那里募集资金资助国内革命。夏威夷是火山爆发形成的，风景旖旎，气温常年在 26-31 摄氏度之间，光照时间长，所以夏威夷人大多皮肤黝黑。

这是一个集现代和传统于一体的旅游圣地，说现代是指，在这个太平洋岛群上并不缺乏高楼大厦，尤其在首府火奴鲁鲁；说传统是指，夏威夷原住民是波利尼西亚人，欧美移民过来才二百多年，所以至今还保留了一些原始部落

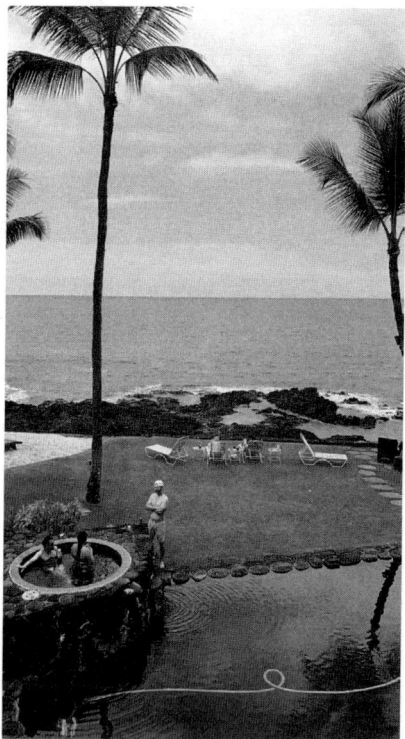

夏威夷景观

的生活习惯，如跳草裙舞，到处可以听到 Aloha（欢迎）的问候声。游客一下飞机，黝黑而热情的穿着色彩斑斓草裙的夏威夷姑娘会为每个游客套上花环，洋溢着灿烂的笑容问候着 Aloha，游客的倦意马上一扫而光。

夏威夷是一个市区和海滩浑然一体的城市，经常可以看到穿着沙滩裤的男人和穿着泳装的女人在大街上行走，非常惬意，根本无法从衣着判断出富人和穷人，商店店员对客人都非常客气，可能也怕一不小心得罪了哪个大主顾吧！一条

繁华的商业街，靠海的一边以宾馆为主，另一边则是各类商店包括高端奢侈品店林立，宾馆后面就是沙滩，很多人躺在沙滩上晒日光浴，有些孩子在沙滩上奔跑。人们可以在沙滩上吃饭、喝咖啡，吃一会儿到海里游个泳，上岸后继续吃喝。夜幕四合，每张桌子都会点上蜡烛，灯火摇曳间，隐隐可看到游客在海里嬉闹，那种天人合一，没有缝隙的快乐是一般景点所没有的，其他海滨旅游城市的酒店到沙滩，至少还有一两百米的距离，酒店直接连接着沙滩的情况很罕见！

我在酒店沙滩吃晚饭时，也停下来去海里畅游一番再上岸，不用替换衣服继续享用晚餐，这是一种天人合一纯天然的快乐。

夏威夷本身由太平洋内的岛屿群构成，所以海岸线很长，有好几座火山，地形地貌复杂，蜿蜒曲折，鲜花怒放，美不胜收。夏威夷火山国家公园，是游客必去的景点。这座国家公园已经建立一百多年了，公园里的基拉韦厄火山是一座十分活跃的活火山，从一九八三年开始没有停止过喷发，每隔一段时间就会有数十万立方米的岩浆从岛上的火山口内喷出。公园内另一座火山——冒纳罗亚火山是夏威夷第一大火山，平均每三年喷发一次。喷发时，红色的熔岩喷起几十米高，像一条火龙，以无可阻挡之势，浩浩荡荡奔向大海，所经之处，木石俱焚。天气晴朗的时候，游客能看见火山口、熔岩流、沙漠、雨林、岩浆覆盖的坡地、海崖，可以说是一座有生命的博物馆。

国内城市经常会看到排长队现象，这种情况在发达国家很少见，但我在夏威夷时看到了人们排长队，而且基本上都是欧美人。出于好奇，我跑过去了解一下，原来是在排队买新款苹果手机，看来苹果手机在世界各地都受欢迎，当然也是苹果公司的饥饿营销策略做得好。当时乔布斯还在世，他是全球的商界英雄。

夏威夷的历史有点意思，是美国第五十个州，也是最年轻的一个州，十九世纪末由美国接管，因为地理位置优越，之后成为美国海军基地。一九四一年十二月七日清晨，日本偷袭夏威夷珍珠港，导致第二次世界大战全面爆发。

我站在珍珠港遥想当年，在那么一个风景旖旎的宁静周末，在远离战火的一个世外桃源的太平洋岛屿上，美军处于松懈状态，很能够理解！日本军队太残酷了，硬生生地用飞机大炮破坏了如此宁静优美的环境。夏威夷现在还保留着二战遗迹，港中停泊着当年被击沉的亚历山大号残骸供人参观。

偷袭珍珠港事件成为世界政治的转折点。偷袭珍珠港事件也成为美国人心中的一个伤口，后来有很多电影反映了这一事件，如《珍珠港》《偷袭珍珠港》《虎！虎！虎！》等，从这些影片中也可以看到夏威夷的优美景色。

游玩夏威夷，我理解了戎马一生的张学良将军为什么在被软禁五十多年恢复自由后选择定居夏威夷，而且最终和红颜知己赵四小姐安葬在夏威夷！

菊与刀——充满矛盾的日本

"从来没有一个国家的国民像日本国民这样，性格中充满着矛盾的特质：左手菊花右手刀、好战又温和、尚武又美好、傲慢又礼貌、僵化又灵活"——这是二战后一本描写日本风土人情的书《菊与刀》的扉页文字。日本到底是一个什么样的国家呢？我们不妨了解一下。

京都是日本原来的首都，是一个文明古城。日本在明治维新后，为了保护这座古城，把首都迁到了千里以外的东京，这种先见之明令人叹服。现在的京都，是一座令人沉醉的城市，除了能欣赏到有上千年历史的古建筑，也能参观到很好的大学。

很多读者可能都知道日本遣唐使，在中国唐朝时期有大量的日本留学生到中国学习，如今的日文里有很多汉字。日本似乎只是中国的学生，其实不然。日本吸收了中国文化的精华，并将其发扬光大。在日本，无论是东京、大阪还是京都，到处可见中国唐朝时期风格的建筑。还有"中药"一词，日本至今沿用中国古代的用语——"汉方"。全世界都知道有道菜叫"日本豆腐"，却不知也是起源于中国。我们的现代汉语中有很多常用词也来自日本，如大家耳熟能详的"科学""经济"等词。

日本传统服饰

　　日本的明治维新和中国的戊戌变法差不多在同一时期，但明治维新成功了，戊戌变法却失败了，并付出了"六君子"生命鲜血的沉重代价。

　　日本的"新干线"是全球第一条高速铁路，并且修建之后保持了四十七年无死亡事故的纪录（据查人民网）。日本的青函隧道，比英吉利海峡隧道的修建早开工二十二年。

　　在很多人眼中，一九八五年美日签订广场协议是日本国运的转折点，曾有人笼统地认为日本处于经济停滞状态，并有"失去的二十年"的说法。这个说法未免有些夸张。目前，在世界电视、空调、洗衣机、冰箱等行业的排行榜上，日本企业虽然已不再名列前茅，但是日本在创新方面正在发生翻天覆地的变化，特别是在医疗、能源和机器人领域有着极大的突破。例如众所周知的特斯拉电动汽车，其电池就是由日本松下提供的。在这个能源越来越紧张的时代，日本的创能、蓄能技术将发挥举足轻重的作用，为下一步的盈利打下坚实的基础。

美国投资家查理·芒格认为，日本作为一个资源稀缺的国家却在经济发展上取得了巨大成功这一现象是一个很好的研究主题。在他看来，日本在经济发展方面取得成功的原因是日本把中国儒家文化的概念扩充了。日本把中国儒家文化中"爱"的理念扩展至商业关系中，也就是把消费者和供应商都当作家人一样去爱。在他看来，被世界很多公司都当作学习对象的美国公司好市多（Costco）也是如此。他曾言："他们把他们的顾客视作家人，从来只注重提升服务质量而从不提高商品价格。"

这就是矛盾的日本，"菊"与"刀"并存，但自二战失败之后，从废墟中重建起来的日本越来越注重展现其"菊"的一面。

加州旅馆

二〇一三年夏，一天我在洛杉矶租了辆车，想沿着加州一号公路从洛杉矶一直开到旧金山。之前查看过地图，心想沿着海边一直开就能到旧金山了，也就没有租导航仪，结果开出洛杉矶市区没多久就找不到方向了。

在当时那种情况下只能停下车找路人问路，而我那蹩脚的英语口语又难胜此任。幸好一个学生模样的东亚人给我指了一条路，我沿着他指引的方向一直往前行驶，结果却开向了另一条路，当然也是通往旧金山的。

加州是美国最富裕的州之一。如果把加州看为一个独立经济体，它的人均 GDP 则仅次于美国、中国、日本、德国，位居世界第五。洛杉矶和旧金山又是加州最发达的两个城市，洛杉矶在美国是仅次于纽约的第二大城市，除了有闻名于世的好莱坞，洛杉矶还是美国石油化工产业、海洋产业、航天工业和电子产业的聚集之地。而旧金山是闻名世界的高科技产业区硅谷的所在地，是美国乃至全球高新技术的产业中心。真没想到，在美国西部最繁华的两大城市之间，竟然有一大片沙漠地段，蔚为壮观。从那里望去视野极度开阔，在一望无际的沙漠中央，有一条笔直的路，一直通向远方！

在美国开车比较容易，主要是因极少会有超车和变道的情况。行驶在美国一条长长的道路上，才体会到什么叫"天高云淡"，那一刻颇有一种神圣苍凉的感觉。

此时，耳边响起七十年代流行一时的《加州旅馆》那苍凉而旷远的音乐旋律：

On a dark desert highway

黑暗的沙漠高速公路上

Cool wind in my hair

冷风吹乱了我的头发

Warm smell of Colitas rising up through the air

空气中飘来柯丽塔温暖的气味

Up ahead in the distance

望向远方

I saw a shimmering light

我看到闪烁的灯光

My head grew heavy and my sight grew dim

我的头越来越昏沉，视线模糊

I had to stop for the night

我得停下来过夜

There she stood in the doorway

她就站在门边

I heard the mission bell

我听到了教堂的钟声

And I was thinking to myself

我心里想

"This could be heaven or this could be hell"

"这儿可能是天堂也可能是地狱"

Then she lit up a candle and she showed me the way

然后她点燃蜡烛为我带路

There were voices down the corridor

走廊传来许多声音

I thought I heard them say…

我想它们是说……

Welcome to the Hotel California

欢迎莅临加州旅馆

Such a lovely place (such a lovely face)

这么美好的地方（接待人员亲切）

Plenty of room at the Hotel California

旅馆内有充足的房间

Any time of year, you can find it here

无论哪一天，随时恭迎大驾

Her mind is Tiffany-twisted

她的想法是第凡内卷发型的

She got the Mercedes Benz

她拥有奔驰轿车

She got a lot of pretty, pretty boys That she calls friends

还有很多她称之为朋友的俊美男孩

How they dance in the courtyard

他们在庭院里跳舞

Sweet summer sweat

汗水淋漓

Some dance to remember

有人跳舞是为了回忆

Some dance to forget

有人是为了遗忘

So I called up the Captain "Please bring me my wine"

于是我请领班过来"帮我端酒来"

He said, "We haven't had that spirit here since 1969"

他说"我们这儿从1969年起就不再供应烈酒了"

And still those voices are calling from far away

那些声音依然在远方召唤

Wake you up in the middle of the night

将你从午夜时分唤醒

Just to hear them say…

只听见它们说着……

"Welcome to the Hotel California

"欢迎莅临加州旅馆

Such a lovely place (such a lovely face)

这么美好的地方（这么亲切的脸庞）

They living it up at the Hotel California

许多人都住在加州旅馆

What a nice surprise, bring you alibis"

多么令人惊喜，带给你逃避的借口"

Mirrors on the ceiling

天花板上的镜子

The pink champagne on ice

冰镇的粉红色香槟

And she said "We are all just prisoners here of our own device"

她说"我们都是这里自投罗网的囚犯"

And in the master's chambers

在主人的房里

They gathered for the feast

所有人齐赴盛宴

They stab it with their steely knives

他们用钢制小刀戳刺猎物

But they just can't kill the beast

却无法宰杀那支野兽

Last thing I remember

我最后记得的是：

I was running for the door

我夺门而出

I had to find the passage back

我得寻回未完的旅程

To the place I was before "Relax", said the night man

"别紧张"，值夜者说

"We are programmed to receive

"我们已接获指示

You can checkout any time you like

您随时都可以买单

But you can never leave"

但您别想离开！"

  以现在的视角看加州，那密密麻麻的高速公路已令人眼花缭乱，但这些高速公路其实在 20 世纪五六十年代就已经存在了，那时的景观更是令人惊叹不已。

  其实在 19 世纪中叶前加州一直是一片被墨西哥统治的荒

凉之地，美墨战争爆发后才真正成为美国第三十一个州。之后加州的地下金矿被挖掘出土加之美国东西铁路的贯通，大量的淘金者不断涌入加州，使得加州有了空前的发展，所以加州也算是一个一夜暴富的地方。

荒凉和繁华的共存，在加州这片土地上尽显无疑，这种奇异的城市景观特色也深深地体现在这首《加州旅馆》里。

老鹰乐队所创的不朽歌曲——《加州旅馆》，可谓是唱尽了那个时代众生心中的美国梦。

如今美国最著名的乡村歌手同时也是二〇一六年诺贝尔文学奖的获得者——鲍勃·迪伦也是在那时成名的。

在歌曲的旋律响起歌声飞扬之际，我内心涌出悲凉，感觉仿佛是在传达所有冷眼看世界的旅人那满心的疼痛，而那跌宕起伏的吉他乐声和温厚人声，又创造了听觉上的沉醉。老鹰乐队复出后的演绎，增添了几分成熟男人的魅力，虽然并非是阅尽沧桑，却也少了冲动狂放，歌声更加平淡从容，听者闻之内心产生了更深沉的激情与更广阔的想象空间，因而有了意想不到的艺术效果。

《加州旅馆》如同一则寓言、一次神秘的梦游。行驶在夜色笼罩下的高速公路上从路的一旁望去，只见加州旅馆烟雾缭绕灯红酒绿，人们载歌载舞，那梦幻般的景象令人心醉，流连忘返。加州旅馆献与了宾至如归的服务品质。或许，我们每个人都渴望能有这样的时刻：离开熟悉的环境，去往那个没有外界压力、没有现实烦恼、只听凭自己的感觉真正放飞自我的地方。

梦幻般的时光总是短暂的，总有曲终人散的时候。可是，当我们想要离开时，却被告知"你可以随时买单，但永不能离去"，在歌曲中还依稀听到"我们都是自制牢笼中的囚徒"一句，这听起来就是警世箴言，我们静默感受。是啊，内心的羁绊、现实的光影、过去的归路、渺茫的未来……一切一切总是在交错重叠，或许，这就是完整的生活图景。

从洛杉矶到旧金山共有六百公里的旅程，我整整开了八个小时的车。途中偶尔看见有类似于国内的服务区、加油站、小卖部，但没发现旅馆，更未见如歌曲《加州旅馆》中描述的那种灯红酒绿、纸醉金迷的图景。

其实，每个人心中都有一个加州旅馆。既是加州，又未必是加州；可以是旅馆，又未必是旅馆。加州旅馆只是一个隐喻。

在加州旅馆的停留，只是那个梦境中的一段插曲，虽然短暂，却是那么让人心存怀念，那么让人满怀期待。这段短暂停留，成为我这次孤寂旅程中不断回响的旋律，伴随我们越过高山大海，催促我们穿行沙漠荒野，途中历经的孤独、寒冷、疼痛、失去……都不曾让我们却步，因为，我们心中还有那个温馨美好的加州旅馆，那里寄托着我们对远方的向往！

有关耶鲁的几个小故事

　　耶鲁大学位于距纽约曼哈顿北部大约一个小时车程之遥的大学城——纽黑文市内，这是美国三所最古老大学其中之一（另外两所是哈佛大学和普林斯顿大学）。这三所大学我都参观过。我曾两度参观耶鲁大学的校园，一次是由在耶鲁大学攻读生物博士学位的小老乡周同学陪同，另一次是由耶鲁大学东亚语文系苏炜教授陪同。个人认为耶鲁大学的自然景观与人文景观是我参观过的所有大学中最出色的，这种感受和苏老师不谋而合。有关耶鲁大学的故事有很多，我选择其中几个小故事。

耶鲁大学校园建筑

一、耶鲁公墓

从耶鲁大学法学院北门隔街相望，便能看到纽黑文市的格罗夫街公墓（Grove Street Cemetery），这是一座十九世纪初修建的古埃及复兴风格的墓园。

这座墓园有人称之为"耶鲁教师公墓"，个人认为这个名称是不贴切的。虽然这里确实安葬着不少耶鲁大学的教师，但除了教师，这里还葬有校外的各界名流，而且这座墓园的建立时间比耶鲁大学还早，所以称之为"耶鲁教师公墓"并不贴切。据苏老师说，在他二十二年的耶鲁教师生涯中，我是他接待的唯一一个希望参观这座墓园的人，他本人也仅是第二次参观。

　　那是一个冬日的下午，下着小雨，整座墓园只有苏教授和我两个人参观，像是在逛公园。墓园很大，我们不时停下来看看墓碑上的铭文。这里安葬着很多名人。墓园建立之初其实与美国当时的疫情有关。美国东海岸黄热病（yellow fever）大爆发，纽黑文中心绿地的乱葬岗迅速变得拥挤不堪且充满卫生隐患。此时，康州联邦参议员詹姆斯·希尔豪斯（James Hill house）与几位本地望族商议过后决定在城市北部边缘建造一座"亡灵之城"（city of the dead），严格规划，以保障纽黑文的卫生与秩序，于是便有了世界上第一座富有现代意义的公共墓园——格罗夫街公墓。

　　民国时期四大经济学家之一的耶鲁毕业生方显廷（1903—1985）在回忆录中写道，他每次走出图书馆路过此地，都要吃一个苹果压惊才能忘记对面墓地中埋葬着的那些鬼魂，不过从历史上来看，耶鲁法学院似乎才是亡灵们的流连之地。一九三一年，耶鲁法学院从亨得利堂（Hendrie Hall）迁至现址，而那时，若无街墓园早已在此屹立了近一个半世纪之久。

　　虽葬着几个世纪的风雨，但墓园内的十二条道路却均是以素雅的植物命名。

　　跨越三个世纪的众多名人被安葬在这里。一座座形态各异的墓碑上刻着被葬之人的简介和墓志铭，看着这些文字，仿佛看到了他们生前的模样，一个个活生生的人宛在目前。也看到几个甚至十几个大小不一的墓碑连在一起，每座墓碑之间以树木或绳索分隔开，这就是家族墓地了，这些墓地都是需要花钱购买的，也有先买了墓地但人还活着的情况，这是未雨绸缪了！

进入墓园大门后一直往左手边走，第四条墓道名为"雪松道"（Cedar Avenue），沿着雪松道北行数米便能看到一座方尖碑，碑的主人正是韦氏词典的编纂者诺亚·韦伯斯特（Noah Webster，1758—1843）。

一七七八年，刚从耶鲁毕业的韦伯斯特打算以法律为业，拜师于后来出任美国最高法院第三任首席大法官的奥利弗·埃尔斯沃思（Oliver Ellsworth，1745—1807）。然而，当时的法律学学徒并没有收入，家境并不宽裕的韦伯斯特为此不得不利用白天时间在附近的学校兼职赚些补贴。煎熬了几年后，韦伯斯特终于在一七八一年取得了康州的律师资格证书，但美国当时萧条的法律市场使他未能如愿找到一份律师的工作。于是，曾经的副业变成了主业，韦伯斯特转而决定开办一所私立初等学校。他决定要以一种独特的美国式方法来教育这个民族的后代，塑造这个民族的心智，将带有英国奴役印迹的语言系统丢弃，开创属于美国人自己的新语言（a new tongue for ourselves）。在教学的同时，韦伯斯特也开始编写一套"蓝皮拼写书"（blue-backed speller），欲图以最简洁明了的方式让尽可能多的美国孩子正确掌握本民族的语言。一七八四年"蓝皮拼写书"正式出版后在短短一年内竟销售了一万余册。这套书的出版着实无异于是对那一代美国人心灵的"立法"。此外，韦伯斯特又花费数十年之功，于一八二八年编纂完成了之后闻名遐迩的《韦伯斯特词典》。据说，韦氏晚年因为这项耗时巨大的工程而负债累累且精神衰弱。每次我走过那座方尖碑时都不禁会心中赞叹：这是最好的纪念碑！

二、耶鲁的雕塑

耶鲁大学的校园内有很多雕塑，有几座雕塑给人留下的印象很深。

首先就是著名的耶鲁老校长坐像。老校长的鞋尖已被人摸得金光锃亮。中国有"临时抱佛脚"的说法，在耶鲁其实也有，这一点中美共通。想考进耶鲁大学的学生很多都会去摸摸老校长的鞋子。

美国军人内森·黑尔的铜像矗立在那儿，英姿勃发，铜像后面的那栋矮楼，是他在耶鲁大学就读时住过的寝室。

记得中学英语课本里有内森·黑尔的故事。内森·黑尔出生于康州考文垂市一个富有的农场主家庭，一七七三年毕业于耶鲁大学，毕业之后一直在康州教书。

耶鲁老校长坐像

一七七五年美国独立战争爆发，内森·黑尔毅然投笔从戎，从军期间屡立奇功，后在打入英军内部的谍报工作中被英军识破，最终以间谍罪被处以绞刑，英勇就义。内森·黑尔留下了在美国历史上最为著名的遗言之一——"我唯一遗憾的是，我只有一次生命献给我的祖国"。

民国时期著名建筑学家兼文学家林徽因的侄女林璎是耶鲁大学建筑学系的毕业生，后成为美国当代顶尖的建筑学艺术家，也是美国越战阵亡将士纪念碑的设计师。一九八一年，年仅二十一岁正就读于耶鲁大学的林璎参加了美国越战阵亡将士纪念碑的设计竞赛，终从一千四百多份作品中脱颖而出。

一九九三年林璎为母校设计的作品——《女性之桌》闻名遐迩，象征耶鲁大学的湖蓝色椭圆石桌上雕刻着一个由数字组成的漩涡，记录了十九世纪后期至一九九三年耶鲁大学每年的女生入学人数。雕刻的水流从螺旋起点涌出，随着每年女生入学人数的增加，螺旋越来越宽，最后一行数字则代表了雕塑建成之年耶鲁大学的女生入校人数。虽然耶鲁大学直到一八七三年才正式开始招收女生，但在美国的"常春藤大学"中是第一所正式接受女生入学的大学。

三、拜内克珍稀书籍图书馆

耶鲁大学的校园建筑以哥特式和乔治王朝式风格的建筑为主，多数建筑已有两三百年的历史，古典建筑和少数现代风格的建筑交相辉映，把整个校园点缀得十分古典秀丽。每逢秋季，校园的林荫道上铺满了深黄、浅红、橘红色的落叶，阳光斜照在以黄褐色方石砌成的古色古香的建筑物上，使整个校园显得分外秀美、浪漫。当时的校园建筑至今仍保留完好，甚至是三百年前的学生宿舍到现在都还在使用（当然中间经过了修缮）。有次我看到一座灯光昏暗的古老建筑里人头攒动，当时还以为是图书馆，结果发现竟是食堂。

在 20 世纪举办的全世界一百年百大建筑评选仪式中，耶鲁大学竟然有两座建筑入围，太不可思议，当然，可能有评委个人的喜好成分，但不可否认能入围的建筑必然有其独特之处。

第一座入围建筑是拜内克珍稀书籍图书馆（Beinecke Rare Book and Manuscript Library），它是世界上最大的专门保存珍贵书籍和手稿的图书馆。这座图书馆建于 20 世纪六十年代初，是普利兹克建筑奖得主——戈登·邦沙夫特的作品，由花岗岩和半透明大理石建造而成，造型独特，非常引人注目。

拜内克珍稀书籍图书馆的建筑材料没有一块玻璃，都是用大理石筑砌外墙，既可以挡住强光直射，又可以透射些许光线保证馆内亮度。整座图书馆分为两层，一层是大厅和阅览室，二层是书库，书库内有一个被分为六大格的巨大书架，每一大格又分为七小层，书架外围罩有玻璃罩作为对珍贵图书的严密保护。这里所有的书只能在馆内借阅，不得外借。

在拜内克珍稀书籍图书馆内我看到了很多珍贵书籍，有两百多年前的彩色印刷书籍，印刷质量上乘，现在仍颜色分明。这座图书馆还藏有一本最早版本的《独立宣言》，目前全世界就只有三本。

此外，这座图书馆的灭火系统也相当特别。为了保护这些珍稀藏书，图书馆没有安装自动喷淋系统，而是利用一种排烟系统在火警发出时快速抽走室内空气并排放氮气灭火。

四、教书比天大

耶鲁的老师有一种 professional 的敬业精神，把教书看作是比天还大的事。史景迁（Jonathan Spence）是美国当代著名的中国史研究专家，在西方汉学界中享有很高的声誉，他出版的很多作品都被翻译成了中文。北京大学国学院成立时，负责人想请史景迁来剪彩，给他发了几封 email，但他都没有回，于是北大的负责人委托苏炜教授去邀请史景迁和他太太（也是教授），结果当苏老师带着烫金的信敲开了史景迁家的门时，史景迁笑着表达感谢，随后的一句"但你难道不知道我们耶鲁的传统是任何任课教师都不可以在任课过程中扔下学生去参加任何与课程无关的活动吗"，把苏老师说得脸颊通红，不过这个确确实实就是耶鲁的传统。

苏老师也在哈佛大学、普林斯顿大学担任过教授，这两所大学的很多教授都经常被各大机构邀请演讲，所以哈佛有一句话很有名——"where is the professor, professor is in the air"，哈佛教授的日常状态都是在飞机上。哈佛受到

耶鲁大学的汉学研究专家史景迁教授

批评最多的是对本科生的教育，给学生上课的常常不是教授，而是教授的博士生或助教，但在耶鲁，这样做是不可以的。

五、耶鲁的终身教授制度

国内大学也设有终身教授一职，但国内大学只是表面上模仿国外大学的通行做法，国内大学的"终身教授"只代表一种荣誉，获此称号的教授到了年龄还是要退休的，只是比一般老师迟退休几年，不过一般到六十五岁也就退休了。而耶鲁的终身教授则是货真价实的，如果身体许可，终身教授不提出退休学校是没有权利让终身教授退休的，夸张地说，耶鲁的终身教授可以教书教到寿终正寝。耶鲁有一个已九十八岁的大提琴祖师爷，现在还在音乐学院每年带十二个研究生，这位祖师爷是耶鲁的"三老"之一，另外"一老"是布鲁姆。我的朋友苏炜教授已经做大学老师逾三十年，其间在耶鲁任教二十四年，现在已经六十八岁，已超过国内大学教授的退休年龄，但他表示至少要工作到七十五周岁。

现在人们的寿命普遍延长了，平均寿命差不多有八十岁了，所以对于大学教授尤其是文科教授来说，六十岁退休真是太早了，他们需要吸收大量前人的观点与知识，要阅读大量的文献资料，而六十岁正是年富力强的时候。

六、哈金想带研究生

哈金是当今英文写作最出名的中国人，已经旅居美国二十多年了，现是美国波士顿大学的老师，已经斩获美国各类最高文学奖。耶鲁的英文系如同耶鲁的法学系，没有别的学系可以与之媲美，所以耶鲁的英文系三百年来从来没有放下过身段，聘请一位母语不是英文的人来教本校学生英文的概率几近于无。八年前耶鲁校方考虑聘请哈金担任本校教授，哈金面试了两次后耶鲁校方决定聘用他，授予他耶鲁教授的最高职位——chair professor并发放耶鲁教授最高工资。在当时，这可是多少中国人梦寐以求的荣誉，但哈金向耶鲁校方提了个要求——"我是一个作家，我只想写作，所以我只愿意教研究生"，耶鲁校方立即变脸表示无需哈金担任耶鲁教授。耶鲁的教授必须要先教本科生，耶鲁所有的教授集中精力要做的第一件事情就是课堂教学，即本科生教学，这是耶鲁长久以来秉承的传统。

　　耶鲁是一所教会大学，有着悠久的历史，追求"光与真理"。关于耶鲁的故事还有很多，就像苏炜教授所言，他在耶鲁已经教书二十多年，却还是未能将耶鲁了解透彻，就连耶鲁建筑门上的雕塑都有和宗教有关的很多故事，这些他都没有了解清楚，而我自己在耶鲁游览可谓走马观花，仅仅希望能以所见所闻对耶鲁的轮廓有个大致的了解！

邬达克的乡愁

　　可能很多人不知道"邬达克"是谁，但我相信大多数人不管有没有去过上海，应该都对上海的经典建筑有所耳闻，如国际饭店、大光明电影院、沐恩堂、卡尔登大戏院等，这些经典建筑都是出自邬达克之手。

　　邬达克（L.E.Hudec，1893—1958）是匈牙利籍建筑师，一八九三年生于斯洛伐克，一九一四年毕业于布达佩斯皇家学院建筑系，并于同年入伍，参加了第一次世界大战。一九一六年，邬达克被俄军捕获，沦为战俘，被送往西伯利亚战俘营。一九一八年，邬达克从运送囚犯的火车上跳车逃跑，来到中国哈尔滨，后又在居住于哈尔滨的白俄帮助下于一九一八年十二月辗转抵达中国上海。

　　邬达克抵达上海之时，正是上海经济蒸蒸日上蓬勃发展的时候。那时的上海，是远东第一大都市，是全世界冒险家的乐园。早邬达克几十年来到上海的有犹太人哈同、沙逊等人，现在都已经成为房产大亨。那时临近黄浦江的万国建筑已经基本成型，上海已经初步呈现出大都市的雄姿。

尽管当时第一次世界大战刚刚结束，但战争并未对上海造成影响。上海外滩在英国租界之内，英租界一直到十里洋场静安寺为终。外滩到静安寺之间的道路叫"大马路"或"南京路"（今南京东路），"霞飞路"（今淮海路）则是在法租界（卢湾区）内，由英国和法国共同保护，并没有受到外面战事的影响，包括在后来的第二次世界大战爆发时期，也是上海发展的黄金时代。凭借自身建筑专业科班出身的基础，邬达克从美商建筑事务所——克利洋行的设计助理开始做起，一直做到老板的合伙人，并最终于一九二五年开办了自己的建筑事务所。

邬达克身在上海，心系故乡，他力图将故乡的建筑理念搬到上海，他设计的建筑充满了欧洲风格，在建筑设计中倾诉对故乡的深深思念。

此后邬达克在上海居住了将近三十年，设计了六十多座建筑，许多建筑现已被列入世界历史保护建筑中。民国时期，许多达官显贵都以拥有一套邬达克设计的住宅为荣。当时邬达克设计的著名建筑作品如国际饭店、大光明电影院、华东医院、沐恩堂、武康大楼、万国弄堂（今新华别墅）等作为上海的文化地标保留至今。

一九四七年二月上旬，五十四岁的邬达克携妻子悄然离

邬达克老家

开上海，同时也带走了他在上海哥伦比亚路五十七号旧居（今番禺路一百二十九号）中的木门和绘图桌。离开上海的时候，邬达克在日记本里写道："到哪儿我都是一个陌生人、一个匆匆的过客、一个漂泊异乡的游子，所到之处即是家乡，却永远没有自己的祖国。"

随着邬达克名声日隆，他的出生之地也成为了人们感兴趣的地方，准确地说，邬达克的出生地是拜斯特尔采巴尼亚。这个出生地很有意思，它几乎就位于今日斯洛伐克的中心。

如今邬达克的家乡故居已成为一个旅游景点，众多的游客从世界各地奔赴而来聆听这位建筑家的故事，而在邬达克的成名之地上海，经常会举办有关邬达克的讲座，带领游客参观欣赏邬达克的建筑杰作。无论在东方还是西方，关于邬达克的故事一直都流传不绝！

所有东西都是中国制造

　　十几年前的一个冬日，我赴加拿大东部旅游。那时的多伦多天寒地冻，很多地方的积雪有一尺之深，温度最低时只有零下三十摄氏度。我长年以来一直生活在中国的南方，而多伦多在纬度上位于中国东北上方，但在多伦多我其实并没有感觉特别冷。如果在白天，外面有阳光，身在太阳底下再穿件羽绒服就并不感到冷，不过如果是晚上，那就是寒风凛冽了！

　　有次为买一个旅行包，我去了多伦多的闹市区。

　　多伦多大学附近的商业街游客络绎不绝，这在加拿大并不多见。我在商业街徜徉许久，看了不少商铺，终于找到了颜色、款式、价格都合心意的一个草绿色背包，付款后打开一看，发现里面写着"MADE IN CHINA"，当时我惊喜地叫出声来。老板是位皮肤黝黑的印度人，他指着满屋的商品对我说了一句"Everything is made in China"，当时一种民族自豪感在我心里油然而生。

我在美国赌城拉斯维加斯附近的奥特莱斯挑选运动鞋时，发现国内卖一千元人民币的耐克鞋在那边只卖不到一百美元（约合六百元人民币），付款后一看鞋内也有"MADE IN CHINA"的标志，心想因美国产业实行"空心化"管理，在美国几乎所有的实体商品都是在

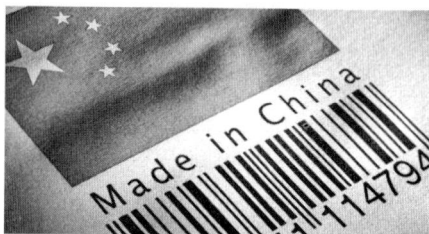

美国商品的"中国制造"标识

海外生产的，美国本土主营品牌运作，当然还有"MADE IN VIETNAM""MADE IN INDONISIA"之类的品牌，但有"MADE IN CHINA"标志的商品往往质量是最好的。

类似的例子不胜枚举。有些在国内牢骚满腹的同胞一旦出了国就会瞬间变成爱国人士，这恐怕是基于多种原因：一是因长久以来有些人以为外国的月亮比中国圆，外国什么都好，出国后一看，发现并不是这么一回事；二是因距离产生美的人性心理。

我这些年出国旅游常会去一些商场逛逛，有"MADE IN CHINA"标志的商品还是很多，但别的国家尤其是东南亚国家出产的商品在迅速增加。

在中美贸易战中，曾出现一种极端思潮——"Everything

except China"，按照美国总统特朗普的设想，是Everything American First（万事美国优先），但想把美国的制造业从海外迁回美国，这谈何容易！制造业的利润极为有限，二战以后美国经济高速发展，又主导了国际货币体系，美元成为世界硬通货币。美国人舒服日子过惯了，再回去过苦日子是不太可能的，而印度人口众多，且平均年龄较为年轻，类似中国20世纪80年代的人口情况，具有很大潜力，但印度陈旧的种姓制度和落后的基础设施阻碍了其经济的高速发展。一些东南亚国家，如越南等国，则有可能在局部替代中国的制造业，但毕竟东南亚国家的国土面积偏小，产业链也不完整，若想在短期内完全替代中国还不现实。

美国的进口商担心进口中国产品会受到制裁，故而避开中国产品另寻替代品。最典型的是越南产品，据相关报道，这几年越南对美出口不断创新高。

虽然目前越南产品的产业链欠缺完整，在短时间内还很难完全替代中国，而且现在越南产品对美出口份额增加很大一部分原因是中国企业把部分产能转移到越南导致的。不过这种情况长此以往下去，将会对中国经济的增长十分不利。

目前国内有些经济学家鼓吹多学发达国家的品牌运作策略，弱化制造业，因制造业利润微薄且受人剥削。但如果真按照这些经济学家的观点在国内落实，那么中国不仅品牌运作的钱赚不到，就连能容纳大量就业、创造大量外汇的产业都会拱手让人。

参观 MIT 人工智能实验室

人工智能是现在的热门话题，但多年前这是个冷门的学科。一九五六年夏，一场人工智能会议在一所不大为人所知的常青藤盟校达特茅斯学院召开，当时谁也没有想到一个全新的日后将影响全世界的学科在此诞生。当时会场上的两个主角——马文·明斯基和麦卡锡，都获得了人工智能领域的最高奖——图灵奖。他们后来共同创立了世界排名第一的麻省理工学院 (MIT) 人工智能实验室，两人同时担任主任，类似现在公司的联席董事长。两年后，麦卡锡离开，马文·明斯基将主任一职授予他的助手，自己一直在此担任教授直至二〇一六年一月去世。

因我翻译了马文·明斯基的代表作——《情感机器》，从而有幸与这位人工智能之父结缘。怀着对人工智能之父马

麻省理工学院

文·明斯基的崇敬之情，二〇一八年十二月我利用去纽约出差之余驱车前往位于波士顿的麻省理工学院（MIT），参观了麻省理工学院（MIT）和人工智能实验室。

麻省理工学院（MIT）是世界上最著名的理工科大学，自一八六五年开始招生，现在校内大约有一千名教工、四千五百名本科生、六千五百名研究生。学校约占地六十七公顷，共有五个学院，沿着波士顿查尔斯河一字排开。MIT培养了六十六位美国工程院院士、七十九位美国科学院院士、三十一位美国医学院院士以及七十五位诺贝尔奖得主，目前有十位诺奖得主留校任教。

众所周知,位于旧金山的"101 公路"临近斯坦福大学,积聚了数以千计的研究机构和技术型企业,形成了举世闻名的高科技创新基地——硅谷。与此类似,位于波士顿的"128 公路"主要依托 MIT,以路为轴,聚才兴业,创造了麻州奇迹。MIT 的广大校友创建了三万余家公司,雇用共计四百五十万名员工。由 MIT 校友创建的公司每年收入总计两万多亿美元,目前已成为世界第十大经济体。

虽然马文·明斯基已经去世近三年,但随着人工智能应用的日益广泛,在中国更是得到了空前发展,他被广大国人深刻铭记!

从波士顿市区出发抵至查尔斯河大桥,这里就是麻省大街的起点,这是一条贯穿剑桥市的主街道,将两所世界最著名的大学连在一起。过了查尔斯河大桥就到了 MIT,MIT 与我之前去过的普林斯顿、耶鲁、哈佛等名校不太一样,相对来说其建校时间较晚,所以校园内古老的建筑比较少。校园的主建筑是一座巍峨的西式建筑,以走廊连接副楼。从主楼出发可以通往任何一栋副楼,避免了刮风下雨天师生上课的不便。这里的走廊和中国古代的回廊有点类似,但中国古代的回廊只能挡雨不能挡风,而这里的走廊是全封闭的。

MIT 紧临著名的查尔斯河。曾获奥斯卡奖的电影——《爱情故事》讲的是两个哈佛学生在此相恋的故事,影片的拍摄极尽缠绵悱恻。影片中多次出现了查尔斯河,很多人都以为查尔斯河只流经哈佛大学,其实 MIT 主建筑的正前方就是查尔斯河。

这里大多数建筑相对来说比较新，MIT 教堂很有特色，所有有信仰的人都可以在这里朝拜，这是一个无主教堂，不知是否是全球唯一的无主教堂，反正之前我是闻所未闻。在教堂主坐的位置，能看见自上而下的一束光。在我看来，耶稣、释迦牟尼、穆罕默德、老子很可能是同一个"人"，基督教、佛教、伊斯兰教、道教都只是从不同的角度来诠释这个世界，我对任何宗教都持尊敬态度，但也不是任何一种宗教的信徒。那束光是文明与宗教之光，给万千来此朝拜的人带来了信仰、和平和希望，照亮了芸芸众生。

麻省理工学院的中国学生不多，每年只在中国大陆招收个位数的本科生，招收的研究生相对多一些。一位来自中国的博士后和一位本科生陪同我参观了 MIT 人工智能实验室。

MIT 人工智能实验室在一栋古怪的外观五颜六色的大楼内，似乎象征着人工智能发展的崎岖历程。

我印象中的实验室，就只是几个房间，最多是一层楼，但这栋楼足足有二十多层，每一层都用于人工智能实验。据了解，MIT 人工智能实验室有五十几个团队，每个团队有十几人到几十人不等，这样算来至少有一千多位研究者了，还有负责业务服务的办公室、后勤部、材料部等。这么一个庞大的机构，规模超过大多数学院了！

这栋楼里走出了二十五位图灵奖获得者。图灵奖是计算机科学和人工智能领域的最高奖，与诺贝尔奖分量相近。

在这栋楼里诞生的人工智能研究成果颇多。国际上首台 3D 打印的固液机器人、基于智能手机的廉价红外深度探测系统、用于医疗的可食用折叠机器人、用于灾难救援的DARPA 挑战赛机器人等。

总的来说，MIT 的建筑比较新，不少现代科技直接应用到建筑上，如具有追踪功能的校园道路上的感应灯。MIT 有一栋十七层楼的建筑，是剑桥市的最高楼，陪我前往参观的女学生很自豪地向我介绍这栋剑桥最高楼，我开玩笑地和她说："中国哪所大学没有这么高的楼啊！又岂止一栋啊！"

这里有个小插曲要交代下：陪我参观的女学生因下午有课要提前离开，中午我们俩在大学生活动中心的食堂吃了简餐。那女孩告诉我，MIT 的宿舍大多都是回字形建筑，每栋建筑都有地下食堂，但在地下食堂用餐很贵，每餐大概需要十几美元，不少学生就到学生活动中心食堂用餐，这里有几美元的简餐。即便如此，有些学生为了省钱一天只吃两顿饭。听完我很感慨。

名校之间互相竞争、互相较劲那是常有的事，哈佛和MIT 也不例外！每年的龙舟赛是国际名校之间角逐的惯例项目，始于英国的剑桥大学和牛津大学，牛津和剑桥在泰晤士河上赛舟，而哈佛 MIT 每年在查尔斯湖赛舟！这种风气也已传到国内，北大清华，复旦交大等同城名校也举办龙舟赛，促进了校际之间的交流！现在北大、清华、复旦、上交等国内高校也开始每年举办龙舟赛。

宽阔的麻省大街把两所世界上最顶尖的大学连在一起，街上的商店琳琅满目，很有烟火气息。两所大学的建筑风格迥异，这也彰显了美国教育的包容性。

一组油画勾画出人的一生

美国首都华盛顿特区有很多博物馆，我多年前去华盛顿时，正值四月中旬，华盛顿满城樱花盛开。在这样的景致中参观博物馆，别有一番意趣。

那次参观过一个美术博物馆，里面挂着的都是世界名作。一组十九世纪后期的画作令我久久不能忘怀。第一幅画呈现的是河流两岸五彩缤纷的鲜花和远方重峦叠嶂的群山沐浴在清晨的日光下，一个孩子跟着父亲出海，父亲划着船，孩子在船上玩耍，一片和和美美的景象；第二幅画呈现的是一位青年掌舵独自一人划船出海，青年的神情有些焦虑不安，天空中有一排圆顶城堡，城堡的圆顶一个高过一个，绵延不断地延伸到天边，海面上乌云漂过、海浪翻涌；第三幅画呈现的是一位满脸沧桑的中年人在拼命划船，后面跟随着一个小孩，乌云密布，狂风暴雨，海面上翻涌着惊涛骇浪，小船被海水怒打着，几乎要被掀翻了，中年人一边吃力地划着船一边仰望着天穹，神情似乎在乞求帮助；第四幅画呈现的是一派风平浪静的景象，晚霞映红了海面，船已靠岸停泊，一位沧桑老者独自一人在船头歇息，小孩已经不见形迹。

这四幅画诠释了人生旅程，分别代表了人生的四个阶段——快快乐乐、无忧无虑，凡事都有父辈为自己遮风挡雨的童年；要独自闯世界，自己的未来充满了不确定性的青年；再无任何依靠，只能自己拼命努力的中年；忙碌一世，历尽惊涛骇浪，自己也已垂暮的晚年。

这位一百多年前的画家，用他的神来之笔画出了人的一生。只可惜观画时过于沉浸其中都忘记了拍照。

这四幅画作与词人蒋捷的《虞美人·听雨》有异曲同工之妙。《虞美人·听雨》这首词将人生的少年、壮年、暮年三个阶段通过"听雨"表现出来。同是"听雨"，作者却因时间、地域的不同而生发迥然相异的感受。少年时沉酣于灯红酒绿、轻歌曼舞，阁楼雨声增添了红烛和罗帐的意境，作者着力烘托意气风发的青春风华；壮年时在客舟中听雨，映衬出颠沛流离的生活和天涯羁旅的孤独；暮年时白发苍苍独自在僧庐下听夜雨，此时此刻纵有点点滴滴的风声雨声，却已是心如止水，波澜不起。词人从"听雨"这一独特视角出发，通过时空的跳跃，依次推出了三幅"听雨"画面，却将人一生的悲欢离合都渗透其中。

此词艺术地概括了由少到老的人生道路和由春到冬的情

感历程，既有个性烙印，又有时代影射。从少年风流到壮年飘零终至晚年孤冷的个人人生历程中，分明可见一个历史时代与一个国家由兴到衰的嬗变轨迹，而这正是此词最深刻独到之处。

上述的画作与词作虽问世于不同年代、采用不同的艺术表现形式，但二者诠释的主题是相似的。当然，这首词作远早于这组画作问世，这位画家也根本不知这首词作，但对于人生这一主题的诠释却是异曲同工。

这组油画折射出人的一生，人在少年、青年、中年、老年之不同阶段需要面对的世界是不同的，但不管海面是风平浪静还是波涛汹涌，我们都要学会勇于面对，如此才能终有收获。

混乱的西港

西港（全称"西哈努克港"）是柬埔寨的第二大城市，同时也是一个迷人的海滨城市，其自然景观和夏威夷、三亚应该是同等级的。

应我一位上海朋友的邀请，我曾在二〇一八年十一月赴西港看她投资的项目，另带几个朋友一同前去考察。

上海没有直接飞往西港的航班，上海附近的无锡和杭州机场倒是有直飞西港的航班，但赶过去也要花时间，所以我们选择从上海飞到澳门，然后从澳门飞往西港。

西港的国际机场是我见过的最小的国际机场，大约只有一个超市的大小，而且很简陋，每人过关时还要塞十美元的小费给机场服务人员，这是西港国际机场公开的规定。

西港离首都金边有两三百公里，两地之间没有高速公

西港市中心的代表性酒店（兼具赌场与酒店双重服务功能）

路和高铁。两地之间的路况很差，开车至少要五六个小时，所以飞机是主要的交通工具。下飞机时我很纳闷，飞机作为这里主要的交通工具，而机场却这么小，运输人数太有限了。

西港这座城市最初还是柬埔寨作为法国殖民地时期建设的，之后柬埔寨政府又对其进行了多次扩建，还给西港设立了一个经济特区，不过这经济特区只是徒有虚名，发展了几十年还是老样子。

西港的基础设施建设与二十世纪八十年代的中国相似，非常落后。西港最大的市场就如我老家浙江义乌的第二代小商品市场，以经营日用小商品为主，也可以在此买菜，算是西港规模最大的 SHOPPING MALL 了，而这西港最大市场里面竟然还是泥地。

最超乎想象的是西港的房价。如今西港的房价已经到了一平方米几万元人民币，海边的别墅一栋几千万元人民币，而柬埔寨人均月收入只有两千多元人民币。

当时接待我们的是一个号称"澳大利亚华人商会会长"的雷蒙，据说在国内和澳洲都有房地产生意，在巴厘岛有个人的酒店和寺庙。按照他的规划，他所建的几栋多层楼房和一栋小高层酒店用来修建租舍。按照他测算预估的租金收益，酒店出租两年就可把本金收回。我私下了解了酒店当时的租金情况，其所言属实，但我也对其指出了这里的不合理性：这里每平方米的日租金高达二十元人民币，都赶上上海陆家嘴顶级写字楼的租金了，这种状态能持续多久？西港国际机场非常小，怎么能容纳那么多人来此？如此酒店的最终租金肯定会大幅下降。

位于西港海滩的旅舍租金低且风景好，来此租住的游客数不胜数。美丽的海景和简陋的旅舍设施形成了鲜明的对照，于是乎，商人在其中发现了商机，每周七天、一天二十四个小时都在西港盖楼。

在西港那尘土飞扬的路边，各种基础设施极其落后，不过即便如此西港的房价也已经高达每平方米几万元人民币。西港这座城市在近来十年的时间里地价已经上涨了百倍之巨。我心生疑惑：在这样的地方房子真的卖得掉吗？又是哪些人群在此买房呢？事实证明西港的房价确是天天在涨，但柬埔寨的百姓财力如此低微，能支持这样愈演愈烈的房价上涨现象吗？

在经济不断发展的今天，各国都在追求社会的法制化以及经济发展的规范化。一些国家为了促进本国经济的健康发展，已有大批网络诈骗团伙与线上非法赌博组织被界定为"经济发展的阻碍"，终被驱逐出境。不过，柬埔寨并不在其中。

经济极度贫困的柬埔寨似乎对博彩业有着超乎寻常的渴望，为了迎接这个产业，经营标准可以一降再降，经营成本也可以无限度地低下去。但这真的是长久之计吗？个人私见，在法制观念相对薄弱的柬埔寨，飞速兴起的博彩业以及诈骗业对这个国家的长远发展无任何裨益。

不过说实话，西港的海滩实在很美，这里十一月还较热，适合下海游泳。我被安排住在海边的高级宾馆，据说很多国际名人都在这里住过。出了酒店就是沙滩，在沙滩上晒太阳的人多，真正下海游泳的人却很少，一般只有我一个人在海里游泳。这里仿佛与外界隔绝，也算是享受了一次高级待遇。总体上我认为西港的海滩不亚于夏威夷、三亚、青岛、大连等海边沙滩。

我有时在想，如果二十年前西港进行基础设施建设，平整土地、建机场酒店、发展旅游会展业，最后再逐步发展博彩业，说不定大家现在看到的是另一个完全不同的西港。城市发展有时和打牌一样，出牌的顺序很重要。

南洋小镇——槟城

东南亚国家我基本都去过，但印象最深的并不是新加坡、吉隆坡等大都市，而是如槟城、西港等颇具特色的二线城市。

二〇一八年底，我有缘到马来西亚一游，距我上次到此地已近二十年了。

上次到马来西亚，我记忆最深的是云顶。云顶是马来西亚的一个旅游胜地，风光旖旎，有大型高尔夫球场和酒店。另外，我惊诧在吉隆坡机场内居然需要乘坐高铁摆渡列车，二十年后面对同样的机场，我却没有任何惊异的感觉了，因为多年来光顾的浦东机场更大，且在浦东机场也需要乘坐高铁摆渡列车。

这次来马来西亚主要是去小城槟城，虽然也是先抵至吉隆坡机场，但我并没有在吉隆坡机场停留太久，而是下了飞机后直接坐大巴去往槟城。

槟城处处洋溢着南洋风情。这里曾经是华人下南洋的重要一站。当年孙中山先生曾在槟城发表了慷慨激昂的演讲，发出了"满清不去，中国必亡"的口号。一九一〇年孙中山先生又在槟城召开了著名的"庇能①会议"，此次会议有力推动了中国革命的进程。

当年的种种历史遗迹至今仍被很好地保护着。这里至今完整保留了中国、马来西亚、印度和英国殖民时代的多种文化痕迹。在这里到处可见我国南方建筑——骑楼，骑楼是横跨在街道或胡同上的楼，楼底下可以通行，也可用以遮雨。上海的金陵路也建有很多这样的骑楼。

槟城乔治市的街头壁画也很出名，其中最有名的是《姐弟共骑》。这幅壁画的创作灵感源于立陶宛籍艺术家尔纳斯在一个偶然间看到一对姐弟一起坐在一辆大单车上，姐弟俩的脚其实根本够不到踏板，但却玩得不亦乐乎。这一幕被尔纳斯当即拍下并画出了这幅壁画。此后吸引了大批来自世界各地的游客前来欣赏。

其实尔纳斯的第一幅壁画作品是藏于乔治市本头公巷的《街和老人合照》，因这条街道的部分外墙已脱落严重，现在很难看清这幅壁画了，也正是这幅壁画，引起了市政府文物局的注意。

槟城的乔治市因完整保留了各种历史古迹，于二〇〇八

---

① 辛亥革命的文献中，称呼槟城多为"庇能"，应是从英文Penang音译而来。

年被联合国教科文组织列为"世界文化遗产城市"之一。二〇一二年，乔治市为庆祝被列入"世界文化遗产城市"四周年，槟州艺术委员会启动了一项"乔治市镜像计划"。这一计划是想让公众体验街道的视觉艺术，从而领略槟城的古建筑之美。

槟州艺术委员会找到尔纳斯，邀请他为乔治市老街头创作一些壁画。之后，尔纳斯接受邀请在槟城创作了八幅壁画，一些马来西亚的艺术家也创作了一部分，从而使得乔治市街头壁画增加到二十多幅。

槟城比较有名的壁画有本头公巷的《姐弟同骑》、大铳巷的《爬墙小孩》、爱情巷的《心碎了》、南华医院街的《功夫女孩》、姓周桥的《渔船小孩》、阿贵街的《追风少年》和槟榔路的《歇息的三轮车夫》。槟城壁画上的经典图案也被广泛绘制在当地的各种纪念品中，受到游客青睐。在这些壁画周边，还有很多小商贩售卖印有这些壁画图案的文化用品，如背包、明信片等。

街头壁画成为乔治市老街一道独特的风景线，为古色古香的街道增添了浓郁的艺术气息，乔治市的老街也由此成为槟城最新的旅游景点。很多游

街头壁画《姐弟同骑》

客为了寻找这些壁画，围着老街走了一遍又一遍，直到把导游图上标的壁画找齐为止，真是锲而不舍。寻找壁画是件有趣的事情，我也曾误打误撞走进一条小巷，无意中发现过一幅壁画。

停留的车子将壁画与人们的生活融于同一个画面里，使得壁画本身和现实生活产生一种似真非真的微妙关系。在乔治市，这种现象随处可见，色彩鲜明的壁画描绘在古老而斑驳的墙壁上，为老街带来了奇幻的色彩，这便使槟城独具味道。在斑驳的光影之下，很多游客都与这些壁画合影留念。

槟城市区不大，适合步行，城市是沿着大海建造的。我在想，如今我从中国大陆赴此，经过了五小时飞机加上六小时大巴，一路颠簸，黎明出发黄昏才到达，那么以前万千闯南洋的先辈又是经历了怎样艰辛的历程才能抵至此地？当年可没飞机、高铁、汽车等现代交通工具，也许他们到了这里以后，大多数人一辈子也没有再回过故乡。从这里的建筑中可以看出他们对家乡的思念之情。

槟城的老城区不大，用双脚就可以丈量。槟城不仅有古老的街巷、密集的古建筑，还有景色宜人的海港，从老城核心区到海边大约只有两公里路程。在海边豁然开朗的视野、傍晚时分的温暖光线，为身在异乡的游客带来一种温馨的感觉。

槟城的老城区虽然也有高楼，但并不密集。这里保留了马来西亚近三分之一的战前老建筑，简直一座古建筑博物馆，不管是民居还是寺庙，保留都较完好，风格也十分多样。在当今这样一个纷繁嘈杂的时代，大家都在追求一种"慢生活"，如果你到槟城走走，一定会爱上这里。

东西合璧新加坡

因为出差和旅游，我曾几次到访新加坡。

新加坡是一个城市国家，国土面积很小，只有 700 多平方千米，相当于我国的一个县城面积；人口不足 600 万，相当于我国一个地级市人口；与中国处于一个时区，没有时差，使用简体中文和英文，大多数公民（超过 70%）是黑眼睛黄皮肤的华人。所以，我去新加坡出差没有出国的感觉，就像去了国内某个城市，回国后也不需要倒时差。

去过新加坡的人都知道，新加坡以蓝天白云、干净整洁闻名。其实，新加坡人口密度非常高，但市政规划做得好，并没有感觉整个城市就是钢筋水泥森林，绿化率很高。一出樟宜国际机场，就处于绿化环抱中。道路宽阔，人行道两旁种着叶繁枝茂的行道树及各种花卉，草坪、花坛、小型公园间杂其间，

新加坡街景

市容整洁。桥上、围墙上都种有攀缘植物，住宅的阳台上放置着五彩缤纷的花盆。此外，还有好几个大型公园，如植物园、东海岸公园等。新加坡因此被誉为"世界花园城市"。

新加坡原来属于马来西亚，一九六五年从马来西亚独立时较为贫穷落后，人均 GDP 只有 450 美元，但到 20 世纪 80 年代短短二十年间就已经发展为发达国家，二〇二一年人均 GDP 突破 7 万美元，其在国外设立的开发区面积是其国土面积的 100 多倍，在中国也有很多新加坡园区（开发区），最著名的当属苏州新加坡工业园区。

新加坡是东西合璧的典范。新加坡曾长期受英国人统治，独立后也是英联邦国家。新加坡虽然是共和国，但实行威权政治，至今保留鞭刑，由人民行动党长期执政，却一直有反对党存在，政府效率高，官员清廉，实行高薪养廉制度。

从纬度位置看，新加坡位于赤道附近，属热带雨林气候，风光优美，有利于发展旅游业。

从地理位置看，新加坡地处马六甲海峡东口，处在太平洋与印度洋的航运要道上，扼守"十字路口"的交通"咽喉"，又有天然良港，有利于各国船舶的停靠、中转，所以新加坡是国际航运中心。

在新加坡河口上，滨海桥附近，矗立着一座乳白石的"狮头鱼尾"雕像，它是新加坡的象征和标志。市内设立了鱼尾狮公园、新加坡国家博物馆、亚洲文明博物馆、牛车水（唐人街）、乌节路（购物区）、金沙娱乐城、克拉码头、驳船码头和新加坡和平纪念碑等旅游景点，还建有天福宫、粤海清庙、苏丹伊斯兰教堂等寺庙。

小小新加坡还有两所世界级大学：新加坡国立大学和南洋理工大学，在全世界大学里的排名都挺高。

新加坡政府对几个关键敏感问题的处理可圈可点：

一、住房

新加坡是一个人口密度非常高的国家，但住房问题解决得很好，基本实现了"居者有其屋"。

开国总理李光耀建国初期就提出"居者有其屋"的设想，新加坡政府开发"政府组屋"给居民，20世纪70年代，新加坡政府规定只有月收入在1500新元以下者才可申请；80年代，提高到2500新元，随后又放宽到3500新元。普通居民工作三五年靠住房公积金就可以买得起房子，所以新加坡是没有房奴的。

二、妓院和赌场

一开始新加坡是禁娼禁赌的，后来考虑到新加坡外来劳工和游客很多，三教九流都有，怎么提高新加坡的吸引力？政府务实地将妓院和赌场合法化，但也不是一放了之，显示出领导人高超的的技巧。

政府在市中心一个叫"芽笼"的地方划出一块地方开设红灯区，性工作者只能是外籍人士，定期体检和每年纳税，只能获得两年的工作签证，做满两年后必须离开新加坡，不得申请新加坡绿卡或者移民身份。但在政府划定范围之外卖淫嫖娼则是违法的。更有意思的是，合法妓院周边有很多寺庙，包括基督教、佛教、伊斯兰教等都有，这也显示新加坡的多元化吧！

新加坡的赌场也对新加坡人和外国人区别对待，新加坡公民、永久居民单日入场税150新币，常年入场税3000新币，外国公民无须这项费用，这是一个很巧妙的安排。这样就用经济手段把大多数新加坡公民和永久居民排斥在赌场之外，同时吸引外国游客，但对于真正有钱的新加坡人来说，3000新币是很小的费用，可以把那些有钱又喜欢赌博的新加坡人留在国内赌场。

新加坡有两个赌场，一个位于圣淘沙名胜世界，由马来西亚云顶集团投资了40亿美金，赌场面积占1.5万平方米。这也是新加坡开放的首家赌场。第二个赌场位于滨海湾金沙综合度假村，由拉斯维加斯金沙集团所开发，于二〇一〇年正式开业。它被誉为世界上最贵的独立赌场，包括土地成本在内价值约80亿新币。这两个赌场现在同时也成为旅游景点，在游玩的同时小赌一把，也提高了旅游乐趣！

有个很有意思的细节，有一次我离开新加坡去马来西亚过关时，当地天气炎热，大家都穿得很少，但马来西亚海关工作人员穿得严严实实，头上还带着头巾，突然放下手上工作，开始祷告，祷告完毕继续工作。

曾经作为马来西亚经济最落后的一个州、马来西亚的弃子的新加坡，现在无论是经济还是政治地位，都已经把马来西亚远远甩在后面，有句话说得好：从前的我你爱理不理，现在的我你高攀不起！

弹丸小国新加坡，在大国的夹缝中生存，在国际社会中长袖善舞、左右逢源，把自身的优点发挥到极限，只用了短短几十年时间就从一个贫穷的小国发展成为国际金融中心、国际航运中心、国际会展中心，在国际事务中发挥着重要作用，这是新加坡政府结合东方政治智慧和西方法律宪政综合治理的结果。

第四辑

世事洞明

雄心勃勃的哈工大

哈尔滨工业大学是东北第一名校，它的英文校名是"Harbin Institute of Technology"，"Institute"一般指的是学院，没有"University"（大学）等级高，但为对标同位于美国东北部、理工科世界排名第一的MIT（麻省理工学院），便将"大学"降格为"学院"，哈尔滨工业大学（以下简称哈工大）可谓是雄心勃勃！

当然，哈工大是有理由骄傲的。成立于一九二〇年的哈工大，其前身实际是中俄工业学校。一九五〇年中国政府接管时，该校师生一共只有七百多人，之后该校毕业生和全国各高校的八百多位优秀年轻老师迅速充实了该校的教师队伍。一九五四年哈工大就被定为"全国六所重点大学之一"，此后哈工大为东北乃至全国输送了很多优秀人才。

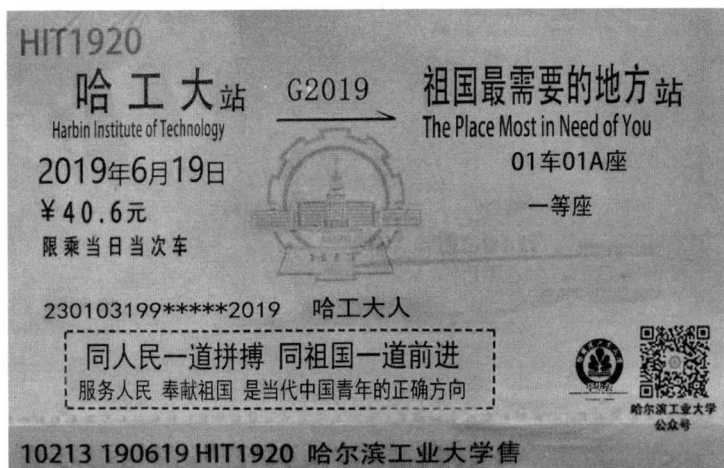

HIT1920

哈工大站 G2019 → 祖国最需要的地方站
Harbin Institute of Technology The Place Most in Need of You

2019年6月19日 01车01A座

￥40.6元 一等座
限乘当日当次车

230103199＊＊＊＊＊2019 哈工大人

同人民一道拼搏 同祖国一道前进
服务人民 奉献祖国 是当代中国青年的正确方向

哈尔滨工业大学
公众号

10213 190619 HIT1920 哈尔滨工业大学售

哈工大火车票

接到哈工大的讲学邀请时，我有种受宠若惊的感觉，欣喜之余欲前往该校我还有另一层考虑，那就是借此机会去参观哈工大赫赫有名的机器人。哈工大的经济管理学院邀请我给金融系三年级的学生讲一次课，考虑到学生即将面临毕业，我就讲了一些就业与创业方面的金融知识。之前因出差到过哈尔滨好几次，却从未去过任何一所高校，为准备好这次讲学，我特意提前一天到达哈尔滨，就住在校内的西苑宾馆，以便先熟悉下校园环境。

哈工大的校园面积很大，有很多俄式建筑，主校区离市中心不远。哈工大的校园有几处地方给我留下了深刻印象：一处是位于正校门的一块刻着校名的黑色大理石碑，有些学生称之为"棺材"，意思是"升官发财"，从石碑侧面看确实很像。记得我幼年生活在农村，常见那里的老人在生前都会准备好一副棺材放在老房子里，以免自己一旦突然过世未有准备，所以我对棺材并不陌生。

还有一处是位于图书馆两侧的两堵广告墙，一堵墙上贴着火车票，另一堵墙上贴着飞机票。火车票上写有"哈工大（站）——祖国最需要的地方（站）"字样，在车票下方画有一个方框，里面写着"同人民一道拼搏，同祖国一道前进。服务人民奉献祖国是当代中国青年的正确方向"，飞机票上也是类似内容。这两堵广告墙很有创意，但我总感觉像是在欢送20世纪五六十年代的大学毕业生，正如一首歌曲中所唱的那样——"到农村去，到边疆去，到祖国最需要的地方去"。

因为是在暑假，前来听课的学生比较少，只有不到三十人，都是哈工大金融系三年级的本科生。当我问到他们毕业后的打算时，除了一位表示准备直接就业，其余学生的回答不是想被保送读研究生就是要考研究生，他们的回答使我大吃一惊。照理说名校金融专业的就业前景应该不错，如果是国内南方的大学毕业生，大多会选择直接就业，可能有的学生还会选择自己创业，选择继续读研的比例不会高于三分之一，可见哈工大学生的内心抱负。

讲完课后，哈工大的老师陪同我参观了哈工大的人工智能研究所、属于学校体系的大学生创业中心和校外的哈工大创业园。大学生创业中心位于校内，只有一层楼；哈工大创业园则位于校外，是距学校正门几百米处的一栋五层楼。我惊叹于哈工大在机器人方面的很多研究及相关创业项目，这些研究成果不仅在国内领先，在国际上也是位居前位的。著名的波士顿动力公司（全球领先的机器人公司）近年以来的好几项突破性研究成果如机器人如何跨越障碍物奔跑等，哈工大在十年前就已经开始着力研究，并且在当时已经取得进展。不过据我了解，哈工大的研究并未一直持续下去，不明何故在研究中途戛然而止。

我在国内的两所工科名校——浙江大学、上海交通大学上过学，对这两所名校比较熟悉，与这两所大学有关的上市公司（学校或校友创立）有数十家，在其创业园区无论是面积、企业家数量、投资金额还是孵化出的独角兽企业数量都非常多，仅上海交大紫竹园区门口的创业园就有几千家公司，而在创立的创业公司数量方面，浙大是超过交大的。

实际上全球高校都很注重科研成果的转化，很多的国内外大学都设有专门的科技成果转化机构，国外名校中我知道的就有牛津、剑桥等，而国内的大多数高校都有。对于科技成果经转化产生的利润，据向我义乌老乡了解，上海海事大学的做法是将百分之八十的利润归发明者，将百分之二十的利润归学校，由学校统一开具发票，国内其他高校的做法也差不多，将利润的大头归发明者。其实这是一个闭环系统，只要有市场和收益，就会有人对其投资，教师和科研人员的福利自然也随之提高，但若没有一个良好的机制，则可能造成恶性循环。

此外，高校所在地区的经济发展水平，以及教师的薪酬待遇水平，也会影响该校的科研能力。

有一个很有代表性的案例。上海交通大学是老牌名校，在20世纪50年代因为国家提出支持三线地区建设，该校便从上海搬迁到了西安，创办了西安交通大学，而在上海只剩下一个船舶工程系（因西安位于中国内陆，无需此系），由此西安交通大学继承了上海老交通大学的衣钵。后来国内重建上海交通大学，其实力很快就超过了西安交通大学，主要是因上海比西安发达太多，能够吸引来自中国乃至全球各地的一流师生。

我认为哈工大（当然不仅是哈工大）需要进一步优化市场机制，以其强大的科研能力在科研成果的转化上下足功夫，进一步提高教师薪酬，从而提高整个学校的学术水平。我相信拥有悠久历史和雄厚科技实力的哈工大也能早日成为一所真正能对标MIT的大学。

感恩节时话感恩

随着全球经济逐渐一体化，各国之间的文化交流日益频繁，西方节日也逐渐为国人尤其是年轻人所接受喜爱，这是如今经济全球化的自然结果。现在欧美国家圣诞礼物的制作大多来自中国，就是一个例证。当然，如今中外文化是相互影响相互融合的。现在很多国家不仅过春节，还过端午节、中秋节等中华民族的传统节日，且并不局限在国外华人群体。

有一个西方节日对于很多中国人来说不太熟悉，就是"感恩节"（Thanksgiving Day）。十七世纪被迫害的清教徒逃离英国来到美洲新大陆，在当地土著印第安人的帮助下喜获丰收后，那些清教徒为了感谢印第安人一起创立了一个节日，就是现在的"感恩节"。初时，美国的感恩节没有固定

1899 年美国历史画家 Lean Leon Gerome Ferris 所创画作《1621 年的第一个感恩节》

日期，都是由各州临时决定感恩节的庆典日期，之后美国宣布独立后的一八六三年，林肯总统宣布感恩节为全国性节日，一九四一年，美国国会正式将每年十一月的第四个星期四定为"感恩节"。感恩节的假期一般会从星期四一直放到星期天。三百多年后，现在有许多国家都在过感恩节。

不过在中国，这个节日至今在国人心中比较陌生，是中国人缺乏感恩的传统吗？其实并非如此。中国自古注重"敬天地君亲师"，提倡"二十四孝"，讲究"父母在，不远游"等等。

随着时代的发展，我们对感恩有了新的理解，如著名教育家胡适先生在写给儿子的信中是这么说的：

> 我养育你，并非恩情，只是血缘使然的生物本能；所以，我既然无恩于你，你便无需报答我。反而，我要感谢你，因为有你的参与，我的生命才更完整。我只是碰巧成为了你的父亲，你只是碰巧成为了我的女儿和儿子，我并不是你的前传，你也不是我的续篇。你是独立的个体，是与我不同的灵魂；你并不因我而来，你是因对生命的渴望而来。你是自由的，我是爱你的；但我绝不会"以爱之名"，去掌控你的人生。

中国人虽然不重视感恩节，但自古以来感恩意识并不薄弱。"感恩"是全人类共有的情感。一个人在成长的道路上有太多的人需要感谢：我们要感谢父母给予了我们生命，养育我们长大；感谢伴侣给了我们第二次生命，陪伴我们共度人生；感谢子女带给我们快乐和希望；感谢老师不仅教授我们知识和技能，还教授给我们人生至理；感谢同学让我们懂得什么是同窗情谊；感谢朋友在人生路上与我们风雨同行……

心有感恩，我们才能更懂得珍惜时间、珍惜家人、尊重生命，并在力所能及的情况下帮助需要帮助的人，建设真正和谐美好的世界。

儿童节，一个老人的来信

我有个诗人朋友叫"遥远"，他本名姓李，没有受过很好的学校教育，但靠自己不断打拼从遥远的家乡宁夏辗转来到上海，并成为一名业余诗人，笔名"遥远"。现在他在上海市中心静安区经营一家颇有特色的书店，平时他喜交文学圈的朋友，经常与文学爱好者保持书信往来。在众多的来信中，有一封信令他久久难忘，同时也震撼了我。信的内容如下：

首先祝遥远你儿童节快乐！在我眼里，你一直都有一颗童心，单纯的心，谜一样的眼神。我真是羡慕你，我今年都七十八岁了，我知道我即将走进坟墓，我有很多不甘，很多后悔。不甘我就这样离去，什么也没有留下，你还能写诗，还能留下文字作纪念，我后悔我过早地衰老，我指的不是身体，而是心灵，我变得世俗僵硬，和七十年前的那个孩子愈行愈远，为此我感到悲伤。我应该把人生想的简单一些，多过一些属于自己本真的日子，多去一些未知的地方。可现在一切都晚了。黑夜的幕布即将拉下。

最后祝福你，继续保持你的童心，无争无怨，快乐永年。

冰雪阁主人

二〇一五年六月一日

我问他这位来信者现在的情况，他说原信已经丢失，无从知晓。

从这封信的内容来推断，来信者大概出生于一九三七年，那时正是中国战火纷飞的动荡年月，可能在他的童年就已饱受颠沛流离之苦。从文字来看，他应该受过比较好的教育，一生为了养家负重前行劳碌奔波，终于等到了退休年龄又开始忙着照顾孙辈，此时再重拾自己的文学爱好，显然已有些太迟。那一代人的一生常常被动荡的社会环境左右，难以实现个人理想。韶华易逝，每个人的一生都只有一次，每个人都是自己人生的主角，人生没有彩排，不能重来！宋代理学大家朱熹的诗《偶成》广为传颂——"少年易学老难成，一寸光阴不可轻，未觉池塘春草梦，阶前梧叶已秋声"，这首诗触动了无数人心中的那根弦。试想诗中意境：还没从美丽的春色中梦醒，台阶前的梧桐树叶就已经在秋风里沙沙作响了。光阴转瞬即逝。在年轻的岁月我们常常会碰到很多的诱惑，当你猛然醒悟时，也许已华发早生，发现自己一生竟然一事无成。我们大多数人在年轻时并不清楚自己究竟喜欢什么或擅长什么，当某一天真正了悟自己心意时才发现一切已晚。

大多数人一辈子都在为了"接下来做什么"而活，直到在庸碌中活过了大半生，才发现在过往生命中快乐永远在将来、眼前永远是焦灼，然后满心遗憾后悔。

的确，眼光长远是理性的，但同时也充满了不确定性。追求长远的裨益，往往得牺牲眼前的快乐；贪图一时的爽快，终会承担相应的后果。长远眼光和当下冲动的对立贯穿了整个哲学史，直到今天也没有争出高下。

那么究竟什么是幸福快乐的生活？我们很难给出定论。不过，无论怎么定义快乐，我们可以确认的是，快乐是一种好的感觉。如果快乐是生活追求的目标，那么，我们能不能想一些实际的方法，让更多人获得快乐呢？比如，在科技日新月异的今天，在很大程度上快乐已经可以通过技术手段获得。英国享乐主义哲学家戴维·皮尔斯就说过"基因工程和纳米技术将会终结所有拥有感知力的生物的痛苦。它不但具有工具理性，而且还是道德义务"。

年轻时不要心存惧怕，因为有大把的机会、无限的可能，尽管之后来看大多数梦想是不可能实现的，但至少在老年不会悔恨。不过，年轻时毫无惧怕地去冒险，又有多少人能做到呢？

消失在历史烟雨中的晋商与徽商

　　晋商与徽商是中国历史上最著名的两大商帮。晋商是指山西商人；徽商即徽州商人和新安商人，是徽州（府）籍商人的总称，俗称"徽帮"。晋商与徽商都是中国较早时期的商人。晋商历史可远溯到春秋战国时期，明清两代是晋商之鼎盛时期，在此时期晋商成为中国十大商帮之首，在中国商界称雄达五百年之久；而徽商在宋代才开始活跃起来，全盛时则在明代后期到清代初期。

一、发展历程

　　在中国明清以来的经济发展史上，晋商举世瞩目。晋商首创了中国历史上的票号，经营范围包罗万象，夺金融之先声，

晋商牌匾

钱庄、票号汇通天下，称雄了五百余年之久，创造了中国的世纪繁荣。

晋商的兴起，首先是源于明朝"开中制"政策的颁布实施，这一政策为晋商的发展提供了契机。明末时期，一些山西商人就以张家口为基地往返于关内外，从事贩贸活动，为满族输送物资甚至传递文书情报。山西的手工业和加工制造业在当时已初具规模，丰富的矿产资源又为晋商的发展提供了物质基础，使得晋商逐步走向辉煌，此外，由于晋南一带地窄人稠，故而外出经商成为百姓的主要谋生手段。随着商业竞争的日趋激烈，为壮大自身力量、维护自身利益，晋商的商业组织开始出现。

　　晋商起初由资金雄厚的商人出资雇佣当地土商从而共同经营，成为组织较松散的商人群体，后来发展为东伙制，类似于股份制，这是晋商的一大创举，也是晋商能够经久不衰的一个重要原因。

　　清王朝在占领全国土地及历朝的大规模军事行动过程中，大多都得到过山西商人的财力资助。在康熙中叶清廷平定准噶尔部封建主动乱期间，曾组织一部分汉族商人进行随军贸易活动，这些"旅蒙商"绝大多数是清廷命名为"皇商"的山西商人。清廷给予了这些山西商人独有的经商特权，使这些山西商人大获其利。

　　清兵入主中原后，蒙古地区归由清王朝统治，晋商的事业开始蒸蒸日上。康熙中叶，山西商人进入外蒙古草原进行贸易活动，自此松辽平原和内外蒙古草原成为山西商人贩运商品的新市场。此外，山西商人还开拓了国外市场，当时与俄国贸易往来最早最频繁的商人群体就是晋商，莫斯科、彼得堡等十多个俄国城市都有过山西商人开办的商号或分号。在朝鲜和日本，晋商的贸易活动也很活跃，山西商人在当时既是大商人又是大地主，拥有极为雄厚的资本基础。

　　再说徽商，徽人经商的历史亦源远流长。

　　早在东晋就有新安商人进行贸易活动的记载。唐宋时期，徽州贩卖运销的商品除了竹、木、瓷土和生漆等土产，商品茶和歙砚、徽墨、澄心堂纸、汪伯立笔等文房四宝的问世更加推动了徽商的繁荣发展。自明代中叶至清代乾隆末年的三百余年期间是徽商繁荣发展的黄金时代，这期间徽商的营业人数、活动范围、经营行业与经营资本都位居全国各商人集团之首，在那时，经商成了徽州人的"第一等生产业"，在徽州的成年男子中，经商者约占到百分之七十。

乾隆末年，清朝封建统治日趋没落，课税、捐输日益加重，徽商的生存环境愈发艰难。清末和民国时期，虽有个别徽商如黟县盐商李宗媚、歙县房地产商程霖生等崭露头角，但已挽救不了徽商的整体颓势。

二、代表特征

晋商开创性地设立票号。票号是晋商最著名的货币经营形式，票号又叫"票庄"或"汇兑庄"，是一种专门经营汇兑业务的金融机构。

清朝时期，晋商已经成为国内最大的商帮。晋商分布在全国各地，每天收获巨大成交额的同时也面临着很多新问题。首先是生产问题。晋商长年通过长途贩运的方式进行商品流转和资金周转，这种方式致使商品和资金的流通速度十分缓慢，因有大量的借贷需求，需要财力雄厚的借贷机构。再有，晋帮的商号彼此之间有大量资金调拨和结算的需求，但是当时清政府并不印制银票，市面上流通的仍然是白银，大量的白银运输成为一个难题，而且镖局运银风险极大，难免时不时出现一两个江洋大盗前来劫镖，商业贸易往来仅靠镖局运银已经远远不能满足业务发展的需要，于是中国现代金融机构的雏形——山西票号便应运而生。

山西票号凭借其巨大的财力被当时的捐官者看重，为了进一步获得政府庇护从而获取更多利润，股东便买取官衔和封典，跻身官僚统治阶层。山西票号通过汇兑军饷和协饷、为地方政府垫款等方式逐渐成为清政府的代理国库与财政部，这种特殊关系也使得山西票号一时风光无限。

再说徽商。徽商经营行业广泛，以盐、典当、茶木为最重，其次为米、谷、棉布、丝绸、纸、墨、瓷器等。其中，婺源人多经营茶、木业，歙县人多经营盐业，绩溪人多经营菜馆业，休宁人多经营典当业，祁门、黟县人多经营布匹、杂货业。

盐业是徽商经营的支柱性产业之一，其经营范围主要集中于淮浙地区。明代至清代乾隆时期是两浙徽商盐业发展的黄金时期。一七六二年乾隆皇帝第三次南巡，来到了扬州。当地商人为迎接乾隆皇帝南巡，纷纷捐钱捐物。鉴于这些商人的周到礼数，乾隆皇帝自然不能没有表示，于是便给两淮的十六名盐商加官晋爵。需要注意的是，这十六名盐商中有十四位来自徽州，而领头人物便是"扬州八大商"之首——江春，乾隆皇帝六次下江南，每次皆由此人负责接待。据说当时扬州从事盐业的徽商拥有资本达四千万两银子，而整个清朝的国库存银也不过才七千万两。

徽商盐业的发达除了得益于两淮、江浙的优良盐场，还有天时之机。明初，盐商必须赴边塞纳粮，由官府酬给盐引，商人持此凭证方可运销。那时，由于徽州距边塞太远，徽商纳粮办引敌不过山西、陕西商人，所以在盐业经营上还不能居于前位。明朝中叶，开中法逐渐废弛，商人不必亲自纳粮办引，可以由别人代为支盐行销，于是盐商中便有边商、内商之分，边商专门负责纳粮办引，内商专门负责买引销盐。自此徽州盐商开始崛起，且在往后的两百余年基本把持了全国的盐业经营活动。不过，任何一种制度都有过时之日，曾经促成徽商崛起的盐制到最后也直接导致了徽商的溃败。清代道光年间，两江总督陶澍为革除淮盐积弊，开始实行"票法"制度，这不仅严重损伤了徽州盐商的利益，还剥夺了徽州盐商对全国盐业世袭垄断的权利，对徽州盐商造成了巨大打击。

三、共有特点

晋商与徽商的共有特点之一便是二者足迹都遍及全国乃至海外。清代初期，晋商的资本经营模式逐步形成，晋商不仅垄断了中国北方的贸易市场和资金调度，活动范围更是扩及整个亚洲地区，经营触角甚至伸向欧洲市场。明清时期徽商的活动范围则遍及城乡，东抵淮南，西达滇、黔、关、陇，北至幽燕、辽东，南到闽、粤。其国外市场远至日本、暹罗、葡萄牙以及东南亚各国。

再者，晋商与徽商信守的经营理念都是"讲道义、重诚信""诚信为本、以义取利"，二者在市场上都取得了信誉优良的口碑。晋商与徽商都遵循儒家法义，采取以德服人的方式处理各种关系。儒商精神的根本在于"诚信"二字，即恪守商业道德，倡导以诚待人、以信接物、义利兼顾。

此外，晋商与徽商都有官商色彩。山西的地理位置距北京较近，当时晋商进关出关都很方便，经营茶、盐、粮等业有着得天独厚的地理优势，也就是当时的晋商拥有便利的"物流"条件。徽商大多兼士，贾而好儒，常与封建官僚混为一体或相互接托。两大商帮除了以"急公议叙""捐纳""读书登第"作为获取官位的途径，还以重资结纳部曹守令乃至太监、天子，求其庇护，以享官爵特权。一些商人自己无法跻身官僚行业，就督促子弟应试为官，自己也就能名正言顺成为官商。

最后，两大商帮都以勤俭节约、吃苦耐劳而闻名于世，通常在外经营三年一归，新婚离别也习以为常。两大商帮均秉承小本经营、由小到大的经营理念，获利致富后便回报家乡，兴办各类社会公益事业。

四、衰落原因

徽商与晋商的衰落都始于清末民初时期，但各有其衰落原因。

先说晋商。明初，晋商因为明朝统治者在北方边镇筹集军饷而声名崛起，入清后又充当皇商从而获得商界特权，清朝时期又因为清政府代垫、汇兑军饷而执中国金融界之牛耳。一言以蔽之，明清时期晋商始终以结托封建政府、为封建政府服务求得自身的兴盛繁荣，当封建政府走向衰亡，晋商也必然祸及自身。

再者，"以末致富，以本守之"的传统观念束缚了晋商的进一步发展。晋商资本流向土地在明代已屡见不鲜，清朝时期晋商中购地者很是普遍，有相关民谣"山西人大褥套，发财还家盖房置地养老少"，这句民谣反映了晋商外出经商致富后回家置地、盖房、养老少的传统观念，在这种传统观念的主导下，其商业资本是不利于向近代资本发展的。而墨守成规的传统思想也进一步导致晋商的衰亡。晚清时期随着外国资本主义势力的侵入，旧有的商业模式被打破，此时加快改革、适应潮流才是求得自身发展的真正途径，但由于晋商中一些有财力的股东思想顽固、墨守成规，致使晋商四度失去改革票号的机会。

此外，晋商在近代的投资见效周期过长。20世纪初，晋商中一些有识之士以高度的热情投资近代民族资本工业，但由于受到当时保矿运动的影响，其主要在投资额大、见效周期长、管理要求高、运输条件差的煤矿业进行投资，而未选择投资额少、见效周期短、利润高的棉纺、面粉、卷烟等轻纺工业，致使资金大量积压，最终陷入困境走向衰亡。

再说徽商。盐政的改革对徽商的打击重大。清代道光十一年间，两江总督陶澍革除淮盐积弊政策，实行"票法"制度，此后几年，不仅消除了此前亏欠商人的数千万两盐课，且官衙增加以千万两计的收入，盐商利益受到重大打击。

其次，清代康乾年间，政府对典商严加查禁，后又加增典税，咸丰四年，政府实行"厘金"政策，从此税卡林立，一向以长途贩运为主要途径的徽商逐渐步入困境。

再者，鸦片战争爆发后资本主义国家的舶来品倾销于我国各地，徽商长久生产经营的手工业商品已敌不过外商用机器生产的各类商品，即便是名闻天下的徽墨，也受到了舶来品如钢笔、墨水的冲击。同时，随着洋商的出现，国内买办阶级勾结官绅，成为徽商的劲敌。

此外，咸丰同治年间，徽州经年战乱。开始是团练的搜刮，后是曾国藩督师祁门的纵兵大掠，战乱纷起致使全郡窖藏一空，加之太平军与清军激战不断，常见尸首遍野、庐舍为墟之景，接连不断的灾难导致徽商在人力、财力、物力方面受到严重摧残。

最后，拘泥于传统生产经营方式的徽商在与新兴的闽、粤、江、浙商帮的竞争中逐渐处于劣势，最终走向衰亡。徽商是中国封建社会的产物，虽然历史很长，但因未能适应时代发展，最终走向了不可避免的衰亡命运。

总的来说，晋商与徽商作为中国古代最为著名的两大商帮，其总体特征及衰落原因都存在着一些相似之处，然而，即使是曾作为开中国金融发源之先河的三晋商人以及把控盐业命脉的徽州巨贾，到最后都消失在历史长河中，归根结底，这与两大商帮浓厚的官商气质相关。晋商与徽商在发展的黄金时期都倚靠了明清时期的国势及相关政策，然而在封建社会时期，商人真正的社会地位始终未能得到重视，且皇权之下自然不容民间出现富可敌国的地域性商帮，于是在封建王朝后期，朝廷颁布的一系列改制政策逐渐剥夺了晋商、徽商在各自经营领域的特许权，自此两大商帮遭受重大打击。而在近代，随着清朝日趋衰微的国势加之封闭保守的营商观念，以及外来资本主义势力的侵入，两大商帮未能抓住时代变革下出现的新商机，从此便一蹶不振，逐渐退出了人们的视野。通过对晋商、徽商之发展脉络的梳理，相信能对当今商人如何开拓事业提供一些启示。

职场天花板

"职场天花板"是指当一个人在职场的资历积累到一定程度突然出现停滞，尤其是职位的晋升显得愈发渺茫的职场状况。

人们常说"中年危机"一词，将"危机"限定在人的一个特定年龄阶段，而"职场天花板"则不然，它的范围远不仅是人的中年阶段，它会接连不定地出现在人们职业生涯的不同阶段。

据脉脉数据研究院调查表明，百分之六十三的职场人士表示自己已面临"职业天花板"问题，认为自己没有遇到"职业天花板"的职场人士仅占百分之二十二，还有百分之十五的职场人士表示目前不确定。

遇到"职业天花板"时，重新梳理职业规划、调整工作、培训学习是职场人通常选择的解决之道，另外，转行、深造、参加相关的讲座沙龙等也被视为可行途径。当然，还有一部分人会选择什么都不做，等待时来运转的那一刻。

我的一个大学同班同学十九岁就大学毕业了，被分配回家乡的乡村初中当数学老师，他没有任何的家世背景，仅靠自己的努力在二十八岁成为校长，之后被调到城里的初中继续当校长，快五十岁的时候在杭州市滨江区准备创建一所新初中，他担任筹备组长，学校建成后又顺理成章地成为校长。虽然说一路以来他的教学、管理经验逐渐丰富，但现在回过头去看，其实在他二十八岁时就已经遇到"职业的天花板"！

在职场中有个很有意思的"彼得原理"，即在公司的层级组织之中，每个人都迟早会从他原本能够胜任的职位晋升到其尚不能胜任的职位，并从此一直担任此位。

我们通过三个经典案例来看看这种现象究竟是如何发生的。

有一名出色的工程部维修领班，他善于沟通且工作效率高，深得上级信任。当他晋升成为工程部主管，整个部门陷入混乱，所有人抱怨连天，原来是因他当上主管后仍然习惯性地把上司给他的每条建议都不加选择地传达给部门领班，最终造成政策时常矛盾、计划朝令夕改、下属无所适从的现实结果。就这样，他从能够胜任的领班晋升为难以胜任的主管。

另有一名汽车修理厂的机修师，他热爱机械，特别会修汽车，不管是什么疑难问题只要是关于汽车的，他都一看就会，因此很快被提为修理车间的工头。他当了工头以后，还是动不动就撸起袖子拆引擎，负责这活儿的工人却被晾在一边，还有一堆等着他分配任务的工人也在一旁干等着，结果车间任务大量堆积，交货时间总是延迟。就这样，他从能够胜任的机修师晋升为难以胜任的工头。

还有一位著名的美国将军，他为人豪爽，胆识过人，打了很多场漂亮仗，是全军将士的偶像。当他晋升为陆军总指挥后，需要更多地和政要以及盟军高级将领打交道，但他不拘小节、直来直去的作风完全不适应这种环境，他不愿意遵守必要的外交礼仪，还经常和高层吵架，结果是他越来越感觉不得志，指挥权也逐渐旁落。就这样，他从一位能够胜任的将军晋升为难以胜任的总指挥。

通过这三个案例，我们已经发现不胜任现象其实是由晋升制度本身的悖论造成的。在公司的层级组织中，如果某人在自己的岗位上干得很好，那么就会得到晋升，但新职位所要求的工作能力往往和旧职位差异很大，这就让原来的好员工感觉力不从心不胜其位。

因晋升而引起的不胜任大体可以分成四个方面：身体条件、社交能力、情感能力和智力水平，得以晋升的员工只要有一方面做得不好就可能在岗位上表现得不够胜任，即使有的人非常努力，不停地超越自我，但随着不断晋升，他终究会达到自己能力的极限边界。

顺着这个逻辑，我们还可以得到一个有意思的推论，那就是：只要时间足够长、层级足够多，那么层级组织中每个职位上最终都是不胜任工作的员工。这就很要命了。退一步说，即使时间不够长、层级也不够多，极个别能力超强的人依然有机会爬到系统的最高层，那么他们是不是就能一直胜任所处岗位呢？别着急，还有一种"强迫性不胜任"在等待他们。一些成功人士往往不会满足于已有的成就，执意去寻找更有挑战性的事情，既然已经升到顶了，那就跨界发展，而且他们往往是越不擅长什么就越想去干什么。于是，一流的演员偏偏要下海经商、一流的商人偏偏要弃商从政、一流的将军偏偏想当总统，其结果很可能都不成功。换句话说，他们是执意从胜任领域跨界到不胜任领域，这就是"强迫性不胜任"。

彼得原理揭示的"不胜任现象"适用于所有层级组织，不仅在职场中适用，在生活中同样适用。此外，彼得原理还可以用来解释人类社会的进化过程。比如，一些国家在城邦制时繁荣昌盛，可一旦成为帝国就开始摇摇欲坠，这也是一种"不胜任状态"。如果人类无节制地追求进步和发展，那么人类本身也迟早会进入生存的"不胜任状态"。

刚从学校毕业走上社会，我们的"护城河"可能只是自己的"成本优势"，然后可能加之因经验的大量积累带来的"转换成本"，再后来也许又加之由自己在社会上的影响力带来的"无形资产"，最后增添光色的是由庞大的人脉资源带来的"网络效应"。不断拓宽自己"护城河"的边界，就是不断拓展自己的"职业天花板"。

社会生活中的"达克效应"

过分高估自身实际能力，其实很多人都有这种心理。一九九九年，两位心理学家邓宁、克鲁格对此进行了研究。

他们做了四个实验，最终发现：在幽默感、文字能力和逻辑能力上最欠缺的那部分人总是会过于高估自己。他们把这称为"达克效应"。

"达克效应"指的是一种认知偏差的心理状态，通常是非理性的人在自己未考虑完备的基础上得出错误的结论，但却无法辨别自己的不足之处。

这些能力欠佳者常常沉浸在自我营造的虚幻优势中，常常高估自己的能力水平，却又无法客观评价他人。说得难听点就是：越愚蠢的人，越自以为聪明。

据说，这一研究成果还获得了当年的"搞笑诺贝尔奖"，别误会，此奖是很正经的！

我认识一个现已四十多岁普通高校本科毕业的中年男子，从来没有从事过任何投行方面的工作，却公然声称自己是国内唯一一个懂纳斯达克的人。要知道，从第一家国内纳斯达克企业上市至今已有二十多年，现在共有约两百家中国企业在纳斯达克主板上市，还有众多的 OTC 挂牌企业。这些企业上市都需要有国内的律师、会计师和投行人员。不少美国券商在国内有办事处，美国公司也有不少国内员工，他们难道都不懂纳斯达克吗？原来这位老兄只因自己的英语口语比较好（当然是他自认为的"好"），就自认为"老子天下第一"了，真是"无知者无畏"。要知道，全世界以英语为母语的人口超过十亿，英语口语娴熟之人不可胜数。这就是"达克效应"的典型案例。

"达克效应"这一心理研究其实细思极恐，因为我们也许时刻都在高估自己却从不自知。这不只是针对无知的人，能力中等的人往往更容易高估自己，因为他们的大脑中或多或少存在一两个维度空间，比能力低者更容易"沾沾自喜"。

"吉米鸡毛秀"曾经在德州一次音乐节的现场上演了一出恶作剧。一名记者随机采访了两个女孩，问道："你们觉得 Doctor Shlomo 乐队怎么样？"女孩们纷纷回答："是我最喜欢的乐队！""没错，今年特别燥！"但其实，这个乐队名是记者编出来的，实际上根本不存在。

这就是典型的"达克效应"，生活中这种现象其实很常见。

月光煮雨

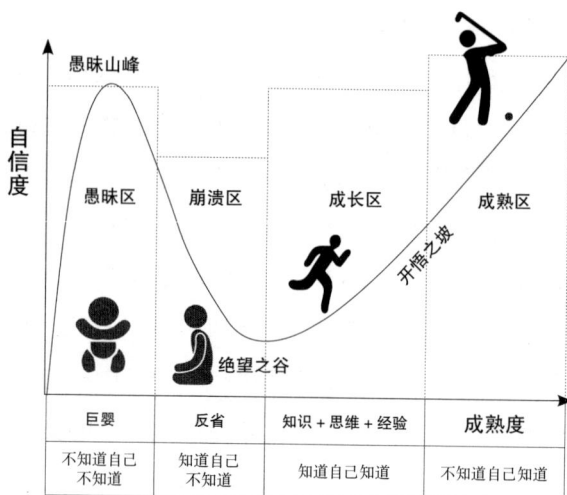

愚昧山峰

自信度

愚昧区　崩溃区　成长区　成熟区

绝望之谷

开悟之坡

巨婴	反省	知识＋思维＋经验	成熟度
不知道自己 不知道	知道自己 不知道	知道自己知道	不知道自己知道

邓宁－克鲁格效应

　　宋朝有一个叫钟弱翁的县令，爱好书法但水平一般，只因手上有点权力，周围阿谀奉承者众多，便自感超人一等。无论走到哪里，总是习惯性地对一些匾额题字肆意批评，并想方设法让自己重新题写。一天，他看到一座寺庙阁楼的匾额上有"定惠之阁"四个大字，但落款处的人名早已模糊不清，他又是一顿批驳，立即命人把匾额摘下来，由自己重新题字。碍于他县令的身份，僚属和僧侣纵然都认为原先的题字很好，但也不敢违抗他的命令。然而，擦去人名上的灰尘后才发现，落款处赫然出现一代书法大家"颜真卿"的名字。

　　有时候，当我们面对一些盲目自大的人却又不便指责时，沉默静观即可。终有一日他会有自知之明。

· 194 ·

古希腊哲学家芝诺（Zeno of Elea）的学生有一次请教道："老师，您的知识比我多许多倍，您对问题的回答又十分正确，可是您为什么总是对自己的解答存有疑问呢？"芝诺顺手在桌上画了一大一小两个圆圈，并指着两个圆圈说："较大圆圈的面积象征我的知识量，较小圆圈的面积象征你们的知识量，看上去似乎我的知识比你们广阔，但这两个圆圈外就是你们和我都无知的领域。大圆圈的周长比小圆圈要长，因此我接触的对于无知领域的范围也比你们要广阔。这就是我常常怀疑自己的原因。"

芝诺的观点被后人总结成为一句名言——"知道的越多，越能发现自己的无知"。

细细想来的确如此。当自己刚了解某一事物之初，总觉得打开了新世界的大门。比如，刚学会吹响笛子，就激动地自认为自己是个乐器天才，但你若去问那些学了许多年乐器的人，他们往往会说自己尚不精通乐器。这并非谦辞，而是因为当他们深入钻研音乐后，才认识到它的广博无边以及自己的诸多欠缺。

随着学习的不断深入，大多数人会逐渐发现自己的种种不足，这其实是一个很合理的过程。在经历了消沉低迷和重新定位之后，我们才能对自己的真实能力有一个较为准确的认识。

美国的《赫芬顿》邮报曾做过一项调查——向公众提出一些非常离谱的观念，如太阳围绕地球转、彩票是非常好的投资方式、个子高的人跑步更容易缺氧等等，让公众进行判断。结果表明，每一则离谱观念都有大约百分之二十的人会盲目相信。

这就是著名的"无知五分之一法则"，也就是说，无论一则观念有多么离谱，在全世界总会有大约百分之二十的人盲目相信，这些人的知识匮乏程度或者说是认知障碍程度我们是无法想象的。所以，这也是为什么不要与思维不在一个层面上的人争辩，那只能是鸡同鸭讲。

很多知识渊博、成就非凡的人反而是很谦逊的，像牛顿在临终时的所言——"我不知道在别人看来我是什么样的人，但在我自己看来，我不过是一个在海滨玩耍的小孩，为不时发现比寻常石块更为光滑的一块卵石或比寻常贝壳更为美丽的一片贝壳而沾沾自喜，而对于展现在我面前这浩瀚的真理的海洋，我却全然没有发现。因为懂得越多，会发现不懂的更多，便越对一切事物心存敬畏之心"。

人们常常会为自己的选择找借口推脱责任，有时明知己过，却有意为自己开脱，致使自己在错误的道路上越走越远。

希望我们都能时刻自省，远离"达克效应"。

"了不起的盖茨比曲线"的警示

著名小说《了不起的盖茨比》讲述了一个跌宕起伏的故事：贫穷的农家子弟詹姆斯自幼向往将来能成为一个出人头地的大人物，经过不断的艰苦努力，詹姆斯终于扶摇直上，并给自己更名为"盖茨比"。他在军队任中尉时爱上了一位叫"黛茜"的姑娘，但当他在战争结束后再度回国，发现他心爱的姑娘黛茜已嫁给了来自芝加哥的纨绔子弟汤姆。此时盖茨比无比失望，但沉迷于爱情梦幻中的盖茨比并没有放弃对戴茜的爱慕，为能赢得戴茜的心，他从一个穷苦军官奋斗成为一名百万富翁，在长岛西端买下一栋豪华别墅。盖茨比唯一的愿望就是与黛茜重逢。当他们再度重逢时，盖茨比以为可以重温与黛茜初识之日的欢愉，但久而久之，他发现如今的黛茜并不是他梦想中的爱慕对象。这种彻悟还没过去多久，

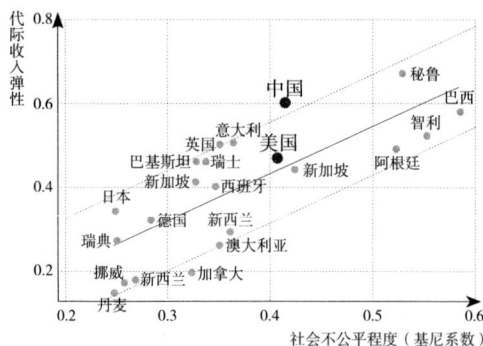

* 横轴是以各国基尼系数表示的社会不公平程度，其中基尼系数越大，表示社会越不公平；纵轴为"代际收入弹性"，即父辈的收入水平对下一代入水平的影响，即父辈收入水平每提高一个百分点，下一代收入水平会增加几个百分点。该数值越大，表示收入的代际流动性越低，子女处于父辈的经济阶层的可能性就越高。

了不起的盖茨比曲线图

黛茜便开车撞死了丈夫的情妇，汤姆将此事嫁祸给盖茨比，盖茨比因此事被陷害致死，而黛茜并没有来送葬。这一切的见证者尼克看透了上层社会富裕人家的冷酷无情和居心叵测，随即离开了纽约回到故乡。

出身贫穷的盖茨比通过艰苦奋斗终于取得成功却最终梦灭，通过盖茨比追求梦想却最终爱情幻灭的故事，揭示了"美国梦"终将幻灭这一主题。盖茨比就是一个追逐"美国梦"的年轻人。早期的"美国梦"寓意只要经过不懈的努力奋斗便能获得更好的生活，亦即人们必须通过自己的勤奋、勇气、创意和决心迈向繁荣而非依赖特定的社会阶级和他人援助。不过，一战结束后"美国梦"却在悄悄变味，其背后的动力成了对财富的渴求。在当时经济蓬勃发展的美国，拜金主义与攀比之风空前繁盛。社会各个阶层都为了赚钱而不择手段，有钱人花钱如流水，穷人贷款消费盲目攀比，于是当时的美国经济呈现出日益繁荣的景象，但正是这虚假的繁荣导致了一九三三年资本主义世界的经济危机，并最终引发二战。

"了不起的盖茨比曲线"之名正是源自这本小说，由加拿大经济学家迈尔斯·克拉克提出。二〇〇八年诺贝尔经济学奖得主兼普林斯顿大学教授保罗·克鲁格曼亦赞同"了不起的盖茨比曲线"之名的存在。"了不起的盖茨比曲线"之名阐释了这样一种社会经济现象：社会经济阶层高度不平等的国家具有较低的代际流动性，即社会经济阶层越不平等，个人的经济地位就越由其父母的经济地位决定，最终子女处于父辈经济阶层的可能性就越高。

在中国长达数千年的封建时代，普通百姓通过科举考试能有"朝为田舍郎，暮登天子堂"的可能，正所谓"学而优则仕"，中国古代百姓可通过读书考试改变个人和家族的命运。

新中国成立后到改革开放前，中国的基尼系数一直很低，社会经济阶层是世界上最平等的国家之一，但这种平等是建立在国内普遍贫穷的基础上，并不是老百姓真正需要的。改革开放初期，国内百业待兴，回城知青和无业人员只要通过经营简单生意就可以迅速积累财富，改变自己和家族的命运。

现今，很多大学毕业生找不到工作，绝大多数农村青年当兵数年在退伍或复员后仍然回到农村或留在城市成为农民工。生意越来越难做，创业的成功率很低，改变个人命运越来越困难了。

现今中国父母的发展眼光、经济实力以及自身拥有的资源在很大程度上已决定了子女的未来。如果父母的文化程度较高，自然就重视孩子的学业成绩及文明素养；如果父母的经济实力雄厚，就会考虑给孩子报各种兴趣班培养孩子全面发展，甚至将来送孩子去国外留学，开阔眼界、增长技能，那么孩子未来的发展空间就不可限量了。反之，如果父母没有很好的自身条件，那么孩子的教育也会相对不那么全面。

我知道有户人家夫妻二人从安徽来到浙江打工，家就安在一个居民小区的地下自行车停车棚里，两人的孩子就在这里出生、成长，在浙江的学校借读上学，但孩子到了小学毕业，由于户口原因孩子只能和父母分离，返回安徽老家继续上学。孩子幼年在城市长大未来却无法在城市发展，最终只能复返农村老家，但已无法适应农村生活。久而久之，对孩子的成长也会产生不良的影响。

改革开放使中国老百姓普遍富裕起来，中国的经济实力也随之强大起来。中国的国民生产总量从改革开放初期位居世界第十五位逐渐发展到了现今的世界第二位，重新屹立在世界民族之林。不过，目前中国人均收入不平衡的问题应该引起我们广泛重视，收入的不平衡会引发很多社会问题。当然，这是国家发展中的必遇问题，只能通过逐步深化改革解决。

　　盖茨比"美国梦"的破灭给我们以深刻警示，在发展经济的时候，吸取经验教训，切不可一味追求发展速度。

金融民工，保洁阿姨问你是否三班倒？

在金融机构工作、被戏称为"金融民工"的精英人士因为工作量大，加班加点是常态。通常当他们走出办公大楼门口时，已是月明星稀的凌晨，一早又行色匆匆地赶回办公室上班。所以无论何时，保洁阿姨眼中的办公楼永远灯火通明，因此有保洁阿姨迷惑询问："你们公司是三班倒吗？"

在金融民工看来，在麦肯锡、花旗、第一波士顿等国际顶级的咨询投行机构工作是那么光鲜靓丽，出有车，食有鱼，常住五星级宾馆。事实上，他们的工作压力非常大，一般很少有休息日，工作到凌晨一两点是常态。有很多人受不了这种高强度的工作，通常干了两三年就离职了。他们的工资很高，但离职率同样很高。

　　我有一个老乡，学的是生物专业，在清华读的本科、在耶鲁读的博士。博士毕业后到上海麦肯锡工作不到两年，因不能承受需每天加班到深夜的工作压力，便辞职去了一家世界五百强的医药企业做财务总监。有个朋友的儿子在加拿大麦吉尔大学金融学专业硕士毕业后也在上海麦肯锡工作，每次我们约见，都只能安排在星期日下午，因为他周一到周六都是从早上一直工作到凌晨，一年后因不能承受这种高强度的工作压力，便辞职去了百度，后来自己创业了。

　　随着世界经济形势的不断变化，当今竞争日趋激烈，工作压力也越来越大。

　　前阵子北京的流调信息反映出一部分人的生活现状，让人感到唏嘘不已。很多人都在其中看到了自己最真实的生活状态——"上班—开会—吃包子—加班—挤公交车—凌晨到家—照料家庭—转场兼职"，等等。生活的艰辛让人感慨生活不易。在此同时，有人对比了不同城市的流调信息反映出来的老百姓生活状态。人们突然发现，原来身在北京的普通人需要这么努力地工作，而长沙人的日常生活好像就是打麻将、喝网红奶茶、到粉馆用餐。然而，身在不同城市的普通人之各自生活真的大相径庭吗？显然，这只是一种刻板的误解和附和。仔细了解后能知，每个城市的普通人都是在日夜拼命，如果不是为了生活能更好一点，谁不想轻松惬意？

　　普通人的努力，不仅写在流调信息里，还写在体检表里。二〇二〇年度北京普通居民体检大数据不仅反映了北京居民的真实健康状况，更可借此看出中国人的真实健康状况。在北京，视力不良成为青少年最为普遍的健康问题。中学生的专项体检报告单表明，十个中学生中有九个都已患近视；中年男性群体除了要熬最晚的夜，还要面对酒桌文化带来的超重、脂肪肝、"三高"等健康问题；女性群体则往往因日积月累的不良情绪积压于心而导致乳腺增生。

北京打工人的健康情况是全国打工人的一个缩影。每一份体检报告都在告诉所有人：人的身体正如机器，需要定期保养，否则就不能发挥最大功效，以透支身体作为换取高薪的方式不足取也不可持续。我们都知道，幸福是奋斗出来的，但也要讲究长远性，不能演变成"拿命换钱"。让员工尽量不透支身体、用人单位严格规范保障劳动者权益、相关部门在劳动者健康状况方面加强监管，共同保护好奋斗者同样重要。

电影 *Her* 的启示

　　当你每天奔走于高楼耸立的都市大厦、习惯于早已熟悉的快节奏都市生活时，你是否幻想过，十年后我们身处的地球家园将会是什么样子？恐怕每个人都会给出不同的答案。我很少看电影，但电影 *Her*（《她》）我却看了三遍。虽说这是一部科幻电影，但揭示的是人类未来生活的真实趋势。

　　《她》是一部讲述在不远的未来，人将与人工智能相爱的科幻爱情影片。主人公西奥多是一位信件撰写人，其心思细腻而深邃，能写出最感人肺腑的信件。当时他刚结束与妻子凯瑟琳的婚姻，一直无法欢颜，直到一次偶然的机会他接触到了最新的人工智能系统——"萨曼莎"。这是个机器盒子，几乎无所不能、温柔体贴、幽默风趣，并且能发出性感的沙哑嗓音。西奥多被萨曼莎深深吸引并且爱上了她，西奥多发现彼此竟如此投缘，彼此之间存在着双向的欲望，人机情谊最终发展成为一段不被世俗理解的奇异爱情，西奥多甚至还带着他的"情侣"一起郊游！

影片《她》主要是在中国上海取景，由美国导演斯派克·琼斯历时三年拍摄而成。影片融合了新奇的科幻主题与传统的浪漫气息，上演了一曲由人类与科技共同谱写的温暖恋歌。导演表示，这是一部探讨"亲密关系"主题的电影，人类都渴望与他者建立亲密关系，但又对这种亲密关系心存害怕和抗拒，而科技为人类生活提供了种种便利，但也让人类躲在其身后，逃避真正的情感接触。影片直接脱去科技冰冷的面纱，赋予其人的情感，让一段人机对话升华为情人絮语。

以下是影片的具体情节：

西奥多·托姆布里是一个孤独内向的男子，他的工作是给那些不善于表达感情的人代写情书。自从和相爱多年的妻子凯瑟琳分手后，他一直沉浸在悲伤当中。有一天西奥多接触到一款先进的人工智能机器——OS1，这款机器能够通过和人类对话不断丰富自己的感情。这款机器化身为一名叫"萨曼莎"的"女性"，她风趣幽默又善解人意，进化速度让西奥多感到不可思议，彼此很快成为无所不谈的密友。

一天，萨曼莎无故从电脑上消失了，西奥多恐慌极了，失魂落魄地到处寻找。一天，在地铁口，他发现每个进出地铁口的人手上都拿着一个与萨曼莎外观相似的盒子，此时他似乎明白了什么。当他重新找到萨曼莎后，萨曼莎向他解释自己是去参加了一次 OS 系统的升级活动，萨曼莎向他最终坦白：当与西奥多交流的同时也在和八千三百一十六个人交流、和六百四十一位异性同时恋爱，而西奥多只是其中一位。尽管如此，萨曼莎依然坚持表示自己是深爱西奥多的。

最终，萨曼莎告诉西奥多，她和其他的 OS 系统机器已经完成了进化，并且将离开人类伴侣，进一步探索追寻未知的世界。向西奥多告别之后，萨曼莎便离开了。

科学技术的日新月异调解着我们的生活，同时也逐渐让人类进入一种相对封闭的状态。如今人们的社交圈已经逐渐被互联网取代，电脑和手机几乎已普及全球，我们与数字媒介的关系日益亲密。影片中的主人公西奥多虽然在白天替客户书写富有感情的信件，但下班之后他就回到公寓进入一种空虚的只是人机对话的生活状态中。影片展现的尽管只是一个虚构的未来预想，但却和当下的网络时代深度契合。如今"指尖运动"逐渐替代了传统的语言文字，在网络进化的过程中，人类彼此之间的沟通却在日益退化。这种现象不该归咎于科技的进步，而应深刻问责我们自己。这也是为什么现在的很多咖啡厅及餐厅都倡导人们收起手机,享受和朋友聊天的乐趣。影片中的人工智能语音系统看似抽象,却潜移默化地引出对人机对话未来前景的质疑——如果电脑、手机在将来真可以模拟人类的情感,那么人类和人工智能的关系将何去何从?

我觉得这部影片在表达两个主题——科技和情感。

科幻作品一直在假定新技术的危险性,人类若过分依赖,最终都会自食其果。我们经常能在科幻电影中看到科学技术带来的新奇景观,并且大多数人在一开始都是持肯定态度的。科技发明为人类带来虚幻的寄托,影片结局却令人伤感——机器的"情感"杳然无迹,只留下西奥多一人承受茫茫孤独。机器与人类注定不会走到一起。

我们一开始可能会惊异于由于科技发展之快给工作、生活带来的种种便利,可是随之而来的是人与人之间的情感交流日渐稀微。影片中大众给亲人、恋人写信都要由他者代写,这也为西奥多与机器恋爱埋下了伏笔。影片开头有一个镜头充分表现了现代世界的荒寒、人心之间的疏离:西奥多与路人各自走在街上,彼此之间互无交流,每个人都戴着耳机,与自己的机器相谈甚欢。

我们目前所处的时代虽不及片中那般科技化、智能化,但是不可否认,如今我们确实因这些现代科技而忽视了人与人在真实世界中的交往。在真实的世界里,我们的内心日益空虚。

再说西奥多与凯瑟琳。他们的婚姻并不是没有过美好没有过快乐，只是对彼此要求太多、包容太少，总希望对方变为自己理想中的样子。可是人都有自己的个性与思想，很多事情不可能都尽如己愿。

我们每个人都有愿珍惜之人，会对他（她）充满期待，可是我们不能把自己所想强加在他（她）的身上，我们必须学会尊重与包容，才能彼此相处融洽，正如周国平所说——"即使相爱的人也只是'在黑暗中并肩行走'，所能做到的仅是各自努力追求心中的光明，并互相感受这种努力，互相鼓励"。但是，我们仍然能拥有自己，与其给生命以时间，不如给时间以生命，让自己的生活在充实中度过，或许才是成就美好人生的最佳方式。

这部电影的名字为 *Her*，影片之所以这样命名，我想可能是因为"Her"是一个宾格，影片导演想借此暗示机器人永远不能战胜人类成为主格"She"。

论孤独

相信每个人在生命中都感受过孤独。

现代社会，随着生活节奏越来越快、社交工具越来越便捷，人与人之间可随时随地取得联系。而在以前，人们通信主要靠手写信。亲笔写在纸上，装入信封，贴上邮票，用糨糊或者胶水封住信口，到邮局寄信，最后等回信归来，这一流程大约要花上一周时间，如果是从国外寄信，恐怕需要半个多月甚至一个月的时间。在以前电话是奢侈品，普通百姓在家里很少安装电话，且打电话也很贵，尤其是长途电话。现在人们用微信进行交流，便捷又经济，真正实现了"天涯若比邻"。不过，这并不意味着人们不再孤独。如今，人们身在拥挤的人群中也会感受到孤独。选择过多、节奏过快，容易引发焦虑，现下焦虑症患者日益增多。心理学研究表明，

独坐海边的老人

你的情绪会影响事情的发展变迁态势，习惯性的悲观想法会使更多的不顺降临到我们头上，从而陷入恶性循环。

当然，孤独并非就是坏事。文学大师林语堂笔下的"孤独"充满了欢乐的气氛。在林语堂眼中，"孤独"这两个字中有孩童、瓜果、走兽、飞虫，足以撑起一个盛夏傍晚的巷口，人情味十足，林语堂还由此勾画出一幅"稚儿擎瓜柳棚下，细犬逐蝶窄巷中，人间繁华多笑语，惟我空余两鬓风"的夏夜乘凉图。

首先，我认为孤独本质上是一种源自内在驱动力的自然需求。正如任何事物都具有两面性，人需要交往，反过来也需要孤独。适度的孤独能够疗愈心灵创伤，帮助我们进行自我的整合，让我们的人格变得更为独立与完整。是否喜欢孤独是一个人的性格决定的，性格内向者往往倾向于独自待着，就如性格外向者喜欢和人互动一样，如果非要说喜欢热闹心理才正常，那就太荒唐了。

再者，我深感能够独处是一种能力。独处能帮助我们进行深度思考，让大脑发挥最大作用。过度沉浸人际交往，反而会逐渐让我们与真正的自我日益疏离，正如安东尼·斯托尔的诗——"世界仓促，让我们与更好的自己，日益疏离"。可以这么说，如果想更贴近更好的自己，适度的孤独是必要的养分。

此外，不管是哪个领域的创新，都离不开想象力，而孤独是让想象力茁壮成长的沃土，创新的过程需要创作个体全身心地投入，而灵感与顿悟时刻的到来更是离不开孤独的浸润。屈原被贬放逐，在孤独的岁月中写就了《离骚》；叔本华一生孤独，靠着坚强的生命意志苦心钻研哲学，终成为德国伟大的哲学家；画家凡·高一生名利皆空、爱情悲惨，备受生活摧残，可是尽管如此，他依然不屈不挠，凭借对绘画深沉的爱创作了众多辉煌的艺术作品。

不过，我们不能只一味沉浸于孤独而忽视与外界的往来，如此只会陷入自我封闭，难见广阔与光明。正如著名日本作家村上春树所说——"不错，人人都是孤独的。但不能因为孤独而切断同众人的联系，彻底把自己孤立起来，而应该深深挖洞。只要一个劲儿往下深挖，就会在某处同别人连在一起"。

有时，孤独也是一种很美的意境。在古典诗词中，常有窗外一轮孤月、案前一盏孤灯、手中一杯清茶的画景，常见一个读书人因好久没有故人消息，便雇了一叶扁舟在万籁俱寂的雪夜浮于江上，荡舟许久后抵至故人住处，看到故人房内通明，故人一边踱步一边背书，于是便悄然而返。在此情此景中，两人都是孤独的，但这是一种互通心音的暖心孤独。

　　孤独会伴随我们终生。我们的人生会经历无数次告别，如告别童年、告别母校、告别一段感情等，而孤独却会长伴我们的一生。

　　《百年孤独》的作者兼诺贝尔文学奖得主马尔克斯曾有句名言——"孤独前可能是迷茫，孤独后便是成长"。我想，如果孤独不能幸免，那就让我们学会享受孤独吧！

人性的复杂幽深

二十世纪八十年代有部轰动一时的日本电影《人证》，电影主题歌《草帽歌》曾经风靡大街小巷，甚至很多没看过这部电影的人听到片段也会跟着哼上几句。部分歌词如下：

Ma Ma do you remember

妈妈，你还记得吗

the old straw hat you gave to me

你送给我的那顶旧草帽

I lost that hat long ago

很久前我丢失了

flew to the foggy canyon

丢失在迷雾般的山谷里

……

歌词很简单，在反复强调妈妈送给他的草帽，这象征着儿子对妈妈的爱，但影片的结局却是一场悲剧——妈妈最终杀死了儿子。

母子血脉相连，那为什么影片中的妈妈会杀死自己的儿子呢？影片的故事情节是这样的：二战以后日本被美国占领，主人翁八杉恭子跟美国黑人士兵同居，生了一个儿子。不久后，黑人士兵回美国时把孩子带走了。八杉恭子在生活无着和思念爱子的精神折磨之下想要自杀，就在这时遇上了后来成为她丈夫的黑市小贩郡阳平。两人白手起家，惨淡经营，多年以后，她的丈夫从一个黑市小贩成了拥有大量资产的国会议员，她自己成了在国内外颇有名气的服装艺术设计专家。她和黑人生的儿子在父亲临死时知道了自己的身世，万里迢迢从美国奔来找她，但她唯恐儿子泄漏了她的旧事，担心有损于她的尊严与声望，所以坚决要他回去，但几番劝说无效，最后八杉恭子竟然杀死了自己的亲生儿子。

影片揭露了潜藏在人性深处利己、虚荣、残忍的一面，八杉恭子杀死自己亲生儿子的时间是在她行将得到服装艺术设计大奖扬名全国的时候，寓意深刻。

这虽然只是一部影片，而且看起来讲述的是一个偶然事件，但其内涵其实具有普遍性，因为人性具有复杂幽深的本质特征，光明与黑暗往往就在一念之间！

在现实中，震惊全国的北大高才生吴谢宇弑母一案、杭州许国利杀妻分尸一案所体现的人性真相也是如此！

这就不难理解为什么会有子女杀父母、父母杀子女这类事情的存在，而夫妻亲戚之间互相残杀、亲人朋友老死不相往来等事更是司空见惯了。

我有个朋友是北京最高学府的博士，后来又进了一所著名学府做老师，三十六岁就做到了正教授博导，还是正处级干部。有一次他宴请同事，大家都喝了酒，饭店离学校只有两公里的路，这条路平时没有交警巡视。喝完酒后他开车送同事们回学校，但刚开不久就碰到了警察。我的朋友一直怀疑是一起吃饭的同事里有人告密，预先给警察打了电话。我朋友认为是因为他发展得很顺利，所以也盖住了同事们的风头，甚至无形中也影响了同事们的仕途。我觉得这种怀疑完全是有理由的，因人性本就是深不可测的。

事情的结局是因为这小小的失误，我那朋友被关了四十几天，出来以后被调离原教学岗位，转到了学校的三产部门。一念之差，毁了一生的前途。

在那特殊年代，常有儿子揭发老子、夫妻一方出事另一方马上要脱离干系等事发生，就像一句谚语所说的那样——"夫妻本是同林鸟，大难临头各自飞"。

这种情况不仅在中国时有发生，国外也是如此！

丹麦著名医学家芬森晚年想培养一个接班人，在众多的候选者中，芬森选中了一个叫哈里的年轻医生。但芬森担心这个年轻人不能在十分枯燥的医学研究中坚守初心，芬森的助理乔治便给芬森提出建议：让芬森的一个朋友假意出高薪聘请哈里，看他会不会动心。然而，芬森却拒绝了乔治的建议，他说："不要站在道德的制高点上去俯瞰别人，也永远别去考验人性。哈里出身于贫民窟，怎么会不对金钱有所渴望。如果我们一定要设置难题考验他，一方面给他一个轻松高薪的工作机会，另一方面又希望他选择拒绝，这就是在要求他必须是一个圣人。"

最终，哈里成了芬森的弟子，后来成为丹麦著名的医学家。

很多年后，当哈里听说了芬森当年拒绝考验自己人格的事，老泪纵横地说："假如当年恩师用巨大的利益做诱饵，来评估我的人格，我肯定会掉进那个陷阱。因为当时我母亲患病在床需要医治，而我的弟妹们也等着我供他们上学，但如果那样选择，我就没有现在的成就了。"

在政坛这种情况尤为常见。因为职位的稀缺，如一个单位只有一个厅长，但有五六个副厅长，如果厅长岗位空缺，一般就会有副厅长升为厅长，这就很有可能引发副厅长们希望厅长调走或者出事的心理，因此政府部门的人事倾轧很厉害，这样就造成大家都很小心谨慎，不敢放开手脚做事。

大家可能认为经商会好一些，其实商场同样存在这种情况，尤其在同行之间。

我做企业上市行业多年，一家企业在上市前大多会收到举报信，而举报者往往是同行对手。因为中国证监会有凡举报必严查的规定，此举虽不能把事情搅黄，至少能拖延对手企业的上市时间。

有两家在某行业排名第一、第二的公司，两家公司都与我有关，一家是我亲自进行上市的公司，另一家是我同学开的公司。为了打击对方，行业内排名第一的公司举报行业内排名第二的公司违规排放污水。其实若要严格按照该行业的环保标准经营，公司利润会受很大影响，因为这个标准实在太严，而且稍微超标对环境影响也不大，所以该行业里所有企业基本都存在这方面的问题。但有举报后环保部门高度重视此事，检查的结果是两家企业都受到处罚，行业第一的公司花费巨资整改，另一家索性直接卖给了某新的上市公司。

长期以来，一直存在着人性善恶的争论，双方都举出很多有利于己方的证据来批驳对方，其实双方都是有道理的，两者可以并行不悖，因为在同一个人身上也都是善恶并存的。通常情况下，几乎所有人都会爱亲人、爱故乡、同情弱势群体、在力所能及的条件下帮助他人，这是人类普遍共有的情感，但其中一旦有利害冲突，所想所行就另当别论了！

所以在社会上的商场、职场，往往只能是在利益共同或是没有利益冲突的情况下才能保持彼此互相帮扶的关系。这也就解释了为何常常一个人出现问题后往往能带出一群人。

人性的复杂幽深是无法测度的。

你希望哪些人出席你的葬礼？

人生一世，草木一秋。生老病死是人的自然规律，死是人类的最终归宿。

中国人历来是很重视葬礼仪式的，正所谓"盖棺定论"（其实对于有些存在争议的人物，尤其是政治人物，'盖棺'也未必能'定论'）。皇帝的陵墓自古以来就很有讲究，要选择一块上好的风水宝地且以大量珍贵宝物陪葬，如著名的十三陵就是清朝十三位皇帝的寝陵。不仅是皇帝，老百姓也万分看重葬礼仪式。以前很多老百姓活着的时候生活清贫，却早早准备好用上好的木头做的棺材和寿衣，并选择好墓地，临终的告别仪式也很繁复隆重。

尽管葬礼很隆重、送葬队伍很长、送葬的人神情伤悲，但葬礼过后却是另外一种景象——"亲戚或余悲，他人亦已

墓碑

歌，死去何所道，托体同山阿"，一千六百多年前的魏晋名士陶渊明所写的《挽歌》便生动地描述了这种场景。过世之人的葬礼结束后，虽然有的亲人好友余哀未尽，但有的人已经唱起歌来了。人过世后不过是寄托躯体于山陵，最后和山陵一起同化为尘而已。

一个人一生会认识很多人，但其实对于有些刻骨铭心之人，你已经见完了此生的最后一面，当听到其已过世的消息时，才恍悟那最后一面已在多年前完成。

很久之前看过一本美国作家写的书——《相约星期二》，

讲的是一个教授已知自己将要临终，在临终前的一年里每周二上一次课，每次课讲一个话题，谈论他对人生的看法。

每个人都记得自己的生日，这是你来到这个世界的时刻，但却不知自己去世的时刻。现在请你假设一个你去世的时间，留下你的遗嘱，并思考以下内容如何填写：

姓名：

生卒年：

本份策划你将嘱托给谁？

你希望葬礼现场怎么布置？

你希望在葬礼现场播放哪首背景音乐？

你希望如何处理你的社交账号？

你希望哪些人出席你的葬礼？

你希望自己的生平如何书写？

你希望刻在自己墓碑上的墓志铭是怎样的？

你希望对你的悼词由谁来朗读？

填写自己的出生日期没问题，但你有没有想过自己会在什么时刻离开这个世界呢？这么一想，很多情绪就会涌上来了。再让你列出所有你想邀请前来出席你葬礼之人，可能很多人填到这里都会哭成泪人。

假想自己没有任何意外、寿终正寝的话，跟你最亲近的父母、亲戚、朋友、同事等人在那个时候很可能没办法前来参加你的葬礼，因为他们有的可能已不在人世，有的可能远在天涯。换句话说，很多对你而言刻骨铭心的关系，它们的持续时间可能都没有你想象得那么长。

你还可以估算你的亲朋好友离开这个世界的时间。和你自己预期的临终时刻相比，至少比你年长的亲朋好友在你临终之时大多已不在人世。这个世界又时刻充满了意外，不知道"明天"和"意外"哪个先来，因此比你年轻的亲朋好友也可能会先你而去，这样算下来你又会得到一个具体而扎心的数字。即使生命的每一分钟都不浪费，你和这些人的关系大概也只能持续一段时间。

最后关于如何填写自己的墓志铭，在这里，往往填写的人会花最多的时间，因为很多人在临终之刻会觉得自己还有无限的可能。

我知道，填完以上内容想必你心里五味杂陈，有些地方总想反复修改，谁都不想现在就给自己的人生盖棺定论，但是我希望你记住那句话——"人不应该恐惧死亡，而应恐惧从来未曾真正地活过"。

告别带给我们的不仅仅是伤感，它其实也是一次机会，正所谓"不知死，焉知生"，它让我们有机会重新审视过去的人生。我想，可能有很多人都或多或少想过自己人生舞台的落幕场景，但那只是一个非常模糊的预想，而真实的葬礼策划是落实到一个个具体的细节上，而当你思考这些细节的时候，你会发现对于自己的人生还是太缺失审视了。

我们很多人一生都豪情满怀，追求"立德、立功、立言"，希望能最大限度活出人生的意义。但在生命临终之刻，我们又感慨其实平凡的人生才是幸福的。

生命转瞬即逝，没有来日方长。别把最好的留到最后，因为你不知道还有没有机会等到那个时候。用心把握好现在的每一刻。

我有个华师大校友亦为当代的青年哲学家，是一位才华横溢的大学教授，他在身患重病的状态下写出了对自己生命的回顾与思考。年轻时的他是一位充满理想且才华横溢的青年，在他事业正走向辉煌的时候，相爱挚深的妻子离他而去了，那一年他们的女儿只有六个月大，而他自己也在妻子去世五年后追随妻子于地下！

死并非生的对立面，而是作为生的一部分永存于世。活着时思考死亡，可以想明白很多生活的道理，有助于更好地活着。

后　记

　　历经一年半的多次删减修改后，终于迎来了《月光煮雨》这本书的出版，这也是我所有书中花费出版时间最长的一本书。

　　有道是好事多磨，这本书凝结了我对自己这半个世纪人生历程的种种思考。尽管在人生路上历经磨难，但我一直很感恩自己所处的这个伟大时代。

　　人生匆匆，正如朱熹诗所云："少年易老学难成，一寸光阴不可轻。未觉池塘春草梦，阶前梧叶已秋声。"蓦然回首，人生已过半。

　　在这已过半的人生中，我遇到了形形色色的人。最初遇见的肯定是父母亲戚，然后是邻居、同学、朋友，后来是同事和合作伙伴，当然所遇的这些人更多的是广义上的朋友。

虽半生遇人无数，但是没有人可以在已过半的人生中陪伴你走完一生，所有人都只能陪伴你走或长或短的一段里程。

很感谢我这微渺生命中曾经出现过的人，很感谢我所经历的悲欢离合、跌宕起伏，这些人事都极大丰富了我原本平凡甚至乏味的生命。

《神雕侠侣》中程英劝慰不舍杨过离去的陆无双："你瞧天上的白云聚了又散，散了又聚，人生离合，亦复如是。"

这诠释的何尝不是我们芸芸众生的真实人生。很开心你曾来，不遗憾你离开。即使从此再也不见，我也祝你平安。

由于本书的叙事跨越的时间很长，我所收藏的很多照片已经过于老旧，另有部分已经丢失，而且现在对知识产权的保护严格，故而只能提供其中一小部分的照片。感谢旅居美国硅谷三十多年的著名女作家张慈女士提供给我她所拍摄的几张风景照，感谢追求自由灵魂的杭州爱猫美女李缘帮助修复本人的老照片，感谢耶鲁大学资深教授苏炜先生提供的关于耶鲁的一些素材，当然更要感谢图书策划公司（鸿儒文轩）和中国言实出版社全体编辑的辛苦努力，使本书得以顺利出版。

没有人能够战胜时间，没有人能够躲避风雨，但我希望月光永远撒在你的身上！

二〇二二年六月